STUDENT EDITION
SUN LI collection
孙犁作品

孙犁（1913—2002），原名孙树勋，河北衡水安平人。著名小说家、散文家，"荷花淀派"创始人。擅用白描手法创作充满诗情画意和浪漫主义气息的"诗化小说"，以美的意境、美的人物、美的情感，展现人们美好的心灵和崇高的品质。代表作有《白洋淀纪事》《风云初记》等。

芦花飘飞苇叶黄

中学生典藏版　孙犁 著

山西出版传媒集团
山西教育出版社

图书在版编目（CIP）数据

芦花飘飞苇叶黄 / 孙犁著；麦坚编. —太原：山西教育出版社，2022.6
（孙犁作品：中学生典藏版）
ISBN 978-7-5703-2387-6

Ⅰ. ①芦… Ⅱ. ①孙… ②麦… Ⅲ. ①散文集–中国–当代 Ⅳ. ①I267

中国版本图书馆CIP数据核字（2022）第076464号

孙犁作品中学生典藏版·芦花飘飞苇叶黄

策　　划	刘晓露
责任编辑	刘晓露
复　　审	海晓丽
终　　审	郭志强
装帧设计	薛　菲
印装监制	蔡　洁

出版发行　山西出版传媒集团·山西教育出版社
　　　　　（太原市水西门街馒头巷7号　电话：0351-4729801　邮编：030002）
印　　装　山西人民印刷有限责任公司
开　　本　889×1194　1/32
印　　张　9.375
字　　数　176千字
版　　次　2022年6月第1版　2022年6月山西第1次印刷
书　　号　ISBN 978-7-5703-2387-6
定　　价　39.00元

如发现印装质量问题，影响阅读，请与印刷厂联系调换。电话：0351-4729718

跨越时光的诗与美

（编者序）

麦 坚

在中国现当代文学的世界中,有一片世外桃源般的美好之地。那里有清风明月,有荷花芬芳,万物端庄静美,人们正直善良。

那就是孙犁笔下的白洋淀水乡。

作为"荷花淀派"的创始人,孙犁最擅长的就是描写农村的风光和淳美的人性。他喜欢大自然,更喜欢真性情,追求美好的人性是他的创作原则。因此,在他的作品中,我们能看到风景的美、语言的美,更能看到人性的美。

孙犁毕生追求的是文章和品性的统一,他自己就是一个怀有赤诚、仁爱和悲悯之心的人。在他眼中,一个保持赤子之心的人,会像金子一样闪亮。他的文章,多书写战争年代,但很少正面描写战争的血腥,更多的是表现普通人在战争中的乐观精神和美好情操。即便战火纷飞,他笔下的乡村也有着田园诗般的明净秀美,他笔下的人物都散发着温暖的人性光辉。正因为如此,才愈发让人感到战争的可怕与和平的可贵。

可以说，这也正是孙犁作品能够超越时代的地方，至今依然具有深厚的美学价值和深刻的现实意义。

为了方便广大中学生品读孙犁作品，我们从孙犁数百万字的作品中，精心挑选出五十余篇，集结成这本《孙犁作品中学生典藏版·芦花飘飞苇叶黄》。

本书所辑文章涉及小说、散文、随笔多种体裁，以"述""叙""忆""记""谈"为纲进行汇编，比较系统、全面地展示了孙犁作品的风貌。其中，有对战争年代的叙述，如《荷花荡》《芦花荡》《山地回忆》《采蒲台的苇》等；有对过往岁月的追忆，如《童年漫忆》《青春余梦》《母亲的记忆》等；有对现实生活的记录，如《石子》《黄鹂》《残瓷人》《告别》等；还有对读书、写作的漫谈，如《写作漫谈》《读萧红作品记》《谈读书》等。

这些作品的创作时间跨越了半个多世纪，内容打破了虚构和纪实的界限，主题鲜明而丰富，兼具文字的美感和深刻的意涵。

那么，对于中学生读者来说，阅读孙犁的作品，应该着重关注哪些方面呢？编者建议，以下几点可做参考：

一、明白如话、静美如荷的语言。有人评价孙犁"文如荷美、品似莲清",可谓恰如其分。孙犁作品的语言,看似浅显平实,实则深藏韵味,如亭亭荷叶,有着不加雕饰的自然之美。在《谈简要》一文中,孙犁说:"文字的简练朴实,是文学作品的一种美的素质,不是文学作品的一种形式。文章短,句子短,字数少,不一定就是简朴……凡是伟大的艺术家,都有他创作上的质朴的特点……"在《谈修辞》一文中,他更是形象地指出:"文学如明镜、清泉,不能掩饰虚伪。"阅读孙犁作品时,扑面而来的那种纯净、朴素的气息,恰如明镜和清泉,简洁、恰到好处而又深藏着美感,值得细细品味。

二、淳厚、善良、美好的人性。孙犁在作品中,刻画的几乎都是淳朴、善良的普通民众。无论男性还是女性,无论老人还是孩子,他们或刚直热血,或温婉美丽;或积极进取,或勤劳能干;或聪明灵巧,或率真活泼;或嫉恶如仇,或隐忍善良……他们是一个个有血有肉的人物,是劳动人民的真实画像,他们身上凝结着闪亮的人性之美。正是这种人性的美好,打破了时代的隔阂,超越了纸页的厚度,永久驻留在读者心中。

三、深沉、浓烈的爱国主义情怀。热爱国家，就要用实际行动来捍卫。在孙犁的诸多作品中，我们能够看到一个又一个的普通人勇敢地站了出来，他们团结一心、英勇不屈、乐观积极、满腔赤诚地捍卫家乡、捍卫国家。孙犁很少描写正面战场的残酷，关注的多是寻常百姓，甚至是农村妇女在战争年代里的一言一行，正是从这些普通人身上，我们能更真切地感受到滚烫的家国情怀。这种情怀因普通而珍贵，因真实而感人。如今，我们身处美好年代，潜心阅读曾经的苦难，是对心灵的一种洗礼。

孙犁在他的作品中，用诗一样的热情书写革命，用梦一样的浪漫描摹乡村，用金子一样的闪亮刻画人性，让人与人的情谊、家国的情怀、淳美的人性、崇高的品格，都如同白洋淀盛开的荷花，那般绚烂，那般芬芳。

北京师范大学教授张莉这样评价孙犁："无数读者从这部作品里闻到了水乡清新的空气，认出了美好的家园和家人，更看到了中国的未来和希望。"

愿你也能从这册书中，看到诗意和远方，看到美好和希望。

（作者系麦书房文化创始人，长期致力于儿童阅读推广，著有《中国民间故事》等）

CONTENTS 目录

第一辑·述

一天的工作 /003

荷花淀 /009

芦花荡 /019

村落战 /027

嘱咐 /036

山地回忆 /047

小胜儿 /056

第二辑·叙

识字班 /069

女人们 /076

邢兰 /087

战士 /095

投宿 /099

采蒲台的苇 /101

游击区生活一星期（节选） /103

第三辑·忆

我的自传　/123

童年漫忆　/126

度春荒　/133

拉洋片　/136

昆虫的故事　/139

青春余梦　/142

芸斋梦余　/145

书的梦　/149

报纸的故事　/157

母亲的记忆　/162

亡人逸事　/164

忆郭小川　/169

觅哲生　/174

第四辑·记

石子　/179

黄鹂　/183

残瓷人　/188

鞋的故事　/191

晚秋植物记　/196

鸡叫　/200
菜花　/203
告别　/206
看电视　/212
新居琐记　/216
楼居随笔　/223

第五辑·谈

关于《荷花淀》的写作　/231
写作漫谈　/235
读萧红作品记　/242
欧阳修的散文　/249
实事求是与短文　/255
谈读书　/257
谈修辞　/260
谈闲情　/262
谈赠书　/264
谈"印象记"　/268
谈美　/271
慷慨悲歌　/279
我中学时课外阅读的情况　/283

第一辑·述

她轻轻地跳上冰床子后尾,像一只雨后的蜻蜓爬上草叶。轻轻用竿子向后一点,冰床子前进了。大雾笼罩着水淀,只有眼前几丈远的冰道可以望见。河两岸残留的芦苇上的霜花飒飒飘落,人的衣服立时变成银白色。她用一块长的黑布紧紧把头发包住,冰床像飞一样前进,好像离开了冰面行走。她的围巾的两头飘到后面去,风正从她的前面吹来。

————《嘱咐》

粉色荷花箭高高地挺出来,是监视白洋淀的哨兵吧!
——《荷花淀——白洋淀纪事之一》

一天的工作

一

从阜平到灵丘的路上,有一个交通站,叫口头村。这个村子在河北和山西的交界上,从这村子再爬过一条山岭,就是山西省了。在这条路上,还有长城内线的残迹,山口上还有一个碉堡。

口头村交通站门口,摆着几十根铁条,就是火车轨,这些铁轨,要在今天送到灵丘县大高石站上去。

交通站长红眼老八,正站在铁轨旁呼喊着,手里的长烟袋握得紧紧的,而那系烟袋的东西,是一条以前用来锁狗的铁链子,显得太不配合了。

有一群人聚拢来了,这就是各村来的白卫队,运送铁轨的。这一群人，是一色旧法染制的蓝布短裤袄，有头上包着一块黑色布的，也有戴着用白粗布叠成的孝帽的。

大家都有山西人那一副和气的脸，笑起来就更显得和气了。

红眼老八呼喊着："三个人抬一条——两个人抬，一个人预备替换，气力大小配搭一下。"

人们还都是愿意同自己村里的人一组抬，大家你喊我，我喊你，组成了十来组。这些人是从九个村子来的，近的三五里，远的有二十多里的。

十组人组成了，剩下了一个有喘气病的家伙，显然是没人愿意和他一组。

红眼老八看见那个家伙站在一边苦笑，就跑到他跟前说："老哥，没人和你一组是便宜，回头有一个小包裹，你送走吧！"

一组组抬起铁轨走了，爬上山道……

这时，从街的东头跑来三个小孩子。

真是三个小孩子，领头的那一个也不过十六岁。他们跑过来，还都喘着气，头上冒着汗气，肩上背着粗麻绳子，手里提着一个布饭袋。

领头的那个银顺子，看见人们一组组抬着铁轨走了，着急地向红眼老八问："谁是交通站长？"

"我是！"

"我们也抬一根。"

"你们是哪村的？"

"潘家沟呵！"

银顺子接着说下去,他们村离这儿二十多里地,昨天接到这里去的"公事"要三个人,因为村里的自卫队今天都到西边工作去了,就叫他们三个来了。他们三个,两个是青抗先①,一个是儿童团。他们一夜都没有好好睡,他们出来工作和大人们在一起还是第一次,他们天没明就出来了,可是走错了路,直到现在才到……

"还不晚吧,站长?"银顺子末了,笑着问一句。

"晚是不晚。"红眼老八说,"不过你们能顶事吗?"

"能呢,站长!"银顺子说,"我能背两斗小米呢!他们两个也不弱,在村里摔跟头,他们也称霸呢!"

红眼老八想了想说:"这里还剩一个喘气的家伙,叫他和你们一道抬吧,四个人换着。"

"别的,几个人抬一条?"银顺子背后的小黑狼说话了。他那一双又刁又野的眼,真像狼。

"别的是三个人。"红眼老八说。

"那我们也三个。"小黑狼斩钉截铁地说。

二

三个小鬼头抬着铁条上山了。先是银顺子和小黑狼抬着,顶小的三福跟在后面,给他们两个提着饭袋,和那用不着的麻绳。

这是小黑狼的主意,小黑狼说,他和银顺子是青抗先,

---

①青抗先:抗日战争时期青年抗日先锋队的省称。

应该先抬，三福还是儿童团，给他们提饭袋就行了。

在路上，为了这件事，三福和小黑狼还打了回嘴架。三福跟在后面不高兴，尤其是过村子的时候，许多洗衣服的娘儿们都说："瞧！这两个小孩子多壮呵！"——这两个，没有三福。有时站岗的小孩子们也笑话他："嘿！人家抬，你跟着，给人家提夜壶！"三福不能忍耐了，低着头喊："你们也不过是儿童团哪！"

三福提出了意见，再过一个山头他要抬了。

小黑狼正在喘气，身上流着汗，可是他一听见三福要换他，赶紧忍住不喘气说："儿童团只能站岗哨，抬东西可差点劲儿！"接着是"嘘！"

"我不过比你小一岁！"

"小一岁，你就是儿童团！"

"我娘还说，我生月大，按打春说，你不过比我大两个多月。"

"大一个月，也是青抗先。"

三福简直恼了，他问银顺子："什么时候就到了阳历年？"

"你问那干吗？"银顺子心里正想着别的事。他脚上的疮又破了，这疮是因为半年多没穿鞋，被石子刺破了，成了疮。他想，现在冷了，到哪里弄双鞋子呢，以后要常常出来工作呀！

银顺子三岁上就死去了娘，起先给人家放牛；十三岁那一年到了大同府，在一家鞋店里学徒，大同一被日本人占了，他就回到家来抗日了。

银顺子穿一条粗布夹裤，那是他娘留下来的。

这时，他听见三福问他，他就走慢些。

"一过阳历年,我就是青抗先了。"三福害羞地说。

小黑狼笑了:"哈哈!"笑得不好听,"你不等阴历年吗?不要脸!"

……

他们走下山坡,有几组大人,正在把铁条放下来,抽烟休息,见他们三个来了,就说:"你们也歇歇吧!这两个孩子!"

"不歇了,我们在前面等你们!"他们三个回答着。

三

走过去,小黑狼想起个问题,想难一下三福。他问:"三福呵,你知道我们抬的这是什么玩意儿?"

"什么玩意儿?"三福想了想,总是想不出来,就接着说,"你说是什么玩意儿?"

"我说你是儿童团,不行,你还不服气呢,连这个玩意儿都不知道!"

"你知道,你说呵!"

"这是日本人的炕沿板,我们这里是用木板,日本人就用铁的了!"接着又说,"银顺子到过大同府,你一定知道,你说对不对?"

银顺子在心里笑了。

"对不对呢?"三福也问。

"这是火车道上的铁条。"银顺子给他们讲起了火车的故事,怎么十几个车连在一起,前头有火车头拉着,呜呜地叫,会冒黑烟，火车站上怎样热闹。

"对呀！"三福说，"整天价①听人说，我们的队伍扒敌人的火车道，就是扒这个东西呀！小黑狼说是炕沿，炕沿，哈哈！"

小黑狼辩白说，那原是他听潘愣子说的，潘愣子从保定府回来，说日本人最喜爱铁，他就想，他们的炕沿，一定也是铁的了。

"潘愣子？你不要听他的话，那家伙有些汉奸样。日本人喜爱铁，是拿去做枪炮来打我们哪！"银顺子警告小黑狼。

小黑狼不言语了。

四

在太阳快下山的时候，他们到了大高石，找到了交通站长，他们把铁条交代好。

天已经晚了，但他们准备还赶回口头村站上去，打算就睡在那里过一夜，他们想，明天也许还有东西抬。

到一个小河旁，他们坐下来，吃了带着的那玉黍棒饼子，喝了些水，大家跳着走了。

三福也忘记了不高兴。银顺子还对他说，他抬东西也行。等回到家里，银顺子要告诉青抗先队长，说三福很成，以后便可以常常一块儿出来工作了。

三福就更高兴了。

一九三九年十一月十五日于灵丘下石矶

---

①价：方言。相当于语气助词。

荷花淀
——白洋淀纪事之一

月亮升起来，院子里凉爽得很，干净得很，白天破好的苇眉子①潮润润的，正好编席。女人坐在小院当中，手指上缠绞着柔滑修长的苇眉子。苇眉子又薄又细，在她怀里跳跃着。

要问白洋淀有多少苇地？不知道。每年出多少苇子？不知道。只晓得，每年芦花飘飞苇叶黄的时候，全淀的芦苇收割，垛起垛来，在白洋淀周围的广场上，就成了一条苇子的长城。女人们，在场里院里编着席。编成了多少席？六月里，淀水涨满，有无数的船只，运输银白雪亮的席子出口，不久，各地的城市村庄，就全有了花纹又密又精致的席子用了。大家争着买：

---

①苇眉子：方言。指芦苇破开之后的长条苇子，用于编席。

"好席子，白洋淀席！"

这女人编着席。不久，在她的身子下面，就编成了一大片。她像坐在一片洁白的雪地上，也像坐在一片洁白的云彩上。她有时望望淀里，淀里也是一片银白世界。水面笼起一层薄薄透明的雾，风吹过来，带着新鲜的荷叶荷花香。

但是大门还没关，丈夫还没回来。

很晚丈夫才回来。这年轻人不过二十五六岁，头戴一顶大草帽，上身穿一件洁白的小褂，黑单裤卷过了膝盖，光着脚。他叫水生，小苇庄的游击组长，党的负责人。今天领着游击组到区上开会去来。女人抬头笑着问：

"今天怎么回来得这么晚？"站起来要去端饭。水生坐在台阶上说：

"吃过饭了，你不要去拿。"

女人就又坐在席子上。她望着丈夫的脸，看出他的脸有些红涨，说话也有些气喘。她问：

"他们几个哩？"

水生说：

"还在区上。爹哩？"

女人说：

"睡了。"

"小华哩？"

"和他爷爷去收了半天虾篓，早就睡了。他们几个为什么还不回来？"

水生笑了一下。女人看出他笑得不像平常。

"怎么了，你？"

水生小声说：

"明天我就到大部队上去了。"

女人的手指震动了一下，想是叫苇眉子划破了手，她把一个手指放在嘴里吮了一下。水生说：

"今天县委召集我们开会。假若敌人再在同口安上据点，那和端村就成了一条线，淀里的斗争形势就变了。会上决定成立一个地区队。我第一个举手报了名的。"

女人低着头说：

"你总是很积极的。"

水生说：

"我是村里的游击组长，是干部，自然要站在头里，他们几个也报了名。他们不敢回来，怕家里的人拖尾巴①。公推我代表，回来和家里人说一说。他们全觉得你还开明一些。"

女人没有说话。过了一会儿，她才说：

"你走，我不拦你，家里怎么办？"

水生指着父亲的小房叫她小声一些，说：

"家里，自然有别人照顾。可是咱的庄子小，这一次参军的就有七个。庄上青年人少了，也不能全靠别人，家里的事，你就多做些，爹老了，小华还不顶事。"

女人鼻子有些酸，但她并没有哭，只说：

---

① 拖尾巴：拖后腿。

"你明白家里的难处就好了。"

水生想安慰她。因为要考虑准备的事情还太多,他只说了两句:

"千斤的担子你先担吧,打走了鬼子,我回来谢你。"

说罢,他就到别人家里去了,他说回来再和父亲谈。

鸡叫的时候,水生才回来。女人还是呆呆地坐在院子里等他,她说:

"你有什么话嘱咐嘱咐我吧。"

"没有什么话了,我走了,你要不断进步,识字,生产。"

"嗯。"

"什么事也不要落在别人后面!"

"嗯,还有什么?"

"不要叫敌人汉奸捉活的。捉住了要和他拼命。"这才是那最重要的一句,女人流着眼泪答应了他。

第二天,女人给他打点好一个小小的包裹,里面包了一身新单衣、一条新毛巾、一双新鞋子。那几家也是这些东西,交水生带去。一家人送他出了门。父亲一手拉着小华,对他说:

"水生,你干的是光荣事情,我不拦你,你放心走吧。大人孩子我给你照顾,什么也不要惦记。"

全庄的男女老少也送他出来,水生对大家笑一笑,上船走了。

女人们到底有些藕断丝连。过了两天,四个青年妇女集在水生家里来，大家商量：

"听说他们还在这里没走。我不拖尾巴，可是忘下了一件衣裳。"

"我有句要紧的话得和他说说。"

水生的女人说：

"听他说鬼子要在同口安据点……"

"哪里就碰得那么巧，我们快去快回来。"

"我本来不想去，可是俺婆婆非叫我再去看看他，有什么看头啊！"

于是，这几个女人偷偷坐在一只小船上，划到对面马庄去了。

到了马庄，她们不敢到街上去找，来到村头一个亲戚家里。亲戚说："你们来得不巧，昨天晚上他们还在这里，半夜里走了，谁也不知开到哪里去。你们不用惦记他们，听说水生一来就当了副排长，大家都是欢天喜地的……"

几个女人羞红着脸告辞出来，摇井靠在岸边上的小船。现在已经快到晌午了，万里无云，可是因为在水上，还有些凉风。这风从南面吹过来，从稻秧、苇尖上吹过来。水面没有一只船，水像无边的跳荡的水银。

几个女人有点失望，也有些伤心，各人在心里骂着自己的狠心贼。可是青年人，永远朝着愉快的事情想，女人们尤其容易忘记那些不痛快。不久，她们就又说笑起来了。

"你看说走就走了。"

"可慌①哩,比什么也慌,比过新年、娶新——也没见他这么慌过!"

"拴马桩也不顶事了。"

"不行了,脱了缰了!"

"一到军队里,他一准儿得忘了家里的人。"

"那是真的,我们家里住过一些年轻的队伍,一天到晚仰着脖子出来唱,进去唱,我们一辈子也没那么乐过。等他们闲下来没有事了,我就傻想:该低下头了吧。你猜人家干什么?用白粉子在我家影壁②上画上许多圆圈圈,一个一个蹲在院子里,托着枪瞄那个,又唱起来了!"

她们轻轻划着船,船两边的水哗,哗,哗。顺手从水里捞上一棵菱角来,菱角还很嫩很小,乳白色,顺手又丢到水里去。那棵菱角就又安安稳稳浮在水面上生长去了。

"现在你知道他们到了哪里?"

"管他哩,也许跑到天边上去了!"

她们都抬起头往远处看了看。

"哎呀!那边过来一只船。"

"哎呀!日本,你看那衣裳!"

"快摇!"

小船拼命往前摇。她们心里也许有些后悔,不该这么冒冒失失走来;也许有些怨恨那些走远了的人。但是立刻就想,

---

①慌:高兴的意思。——作者原注
②影壁:古称萧墙,大门内或屏门内做屏蔽的墙壁。

什么也别想了，快摇，大船紧紧追过来了。

大船追得很紧。

幸亏是这些青年妇女，白洋淀长大的，她们摇得小船飞快。小船活像离开了水皮的一条打跳的梭鱼。她们从小跟这小船打交道，驶起来，就像织布穿梭、缝衣透针一般快。

假如敌人追上了，就跳到水里去死吧！

后面大船来得飞快。那明明白白是鬼子！这几个青年妇女咬紧牙制止住心跳，摇橹的手并没有慌，水在两旁大声地哗哗，哗哗，哗哗哗！

"往荷花淀里摇！那里水浅，大船过不去。"

她们奔着那不知道有几亩大小的荷花淀去，那一望无际的密密层层的大荷叶，迎着阳光舒展开，就像铜墙铁壁一样。粉色荷花箭高高地挺出来，是监视白洋淀的哨兵吧！

她们向荷花淀里摇，最后，努力地一摇，小船窜进了荷花淀。几只野鸭扑棱棱飞起，尖声惊叫，掠着水面飞走了。就在她们的耳边响起一排枪声！

整个荷花淀全震荡起来。她们想，陷在敌人的埋伏里了，一准儿要死了，一齐翻身跳到水里去。渐渐听清楚枪声只是向着外面，她们才又扒着船帮露出头来。她们看见不远的地方，那宽厚肥大的荷叶下面，有一个人的脸，下半截身子长在水里。荷花变成人了？那不是我们的水生吗？又往左右看去，不久各人就找到了各人丈夫的脸。啊！原来是他们！

但是那些隐蔽在大荷叶下面的战士们，正在聚精会神瞄着敌人射击，半眼也没有看她们。枪声清脆，三五排枪过后，他们投出了手榴弹，冲出了荷花淀。

　　手榴弹把敌人那只大船击沉，一切都沉下去了。水面上只剩下一团硝烟火药气味。战士们就在那里大声欢笑着，打捞战利品。他们又开始了沉到水底捞出大鱼来的拿手戏。他们争着捞出敌人的枪支、子弹带，然后是一袋子一袋子叫水浸透了的面粉和大米。水生拍打着水去追赶一个在水波上滚动的东西，是一包用精致纸盒装着的饼干。

　　妇女们带着浑身水，又坐到她们的小船上去了。

　　水生追回那个纸盒，一只手高高举起，一只手用力拍打着水，好使自己不沉下去，对着荷花淀吆喝：

　　"出来吧，你们！"

　　好像带着很大的气。

　　她们只好摇着船出来。忽然从她们的船底下冒出一个人来，只有水生的女人认得那是区小队的队长。这个人抹一把脸上的水问她们：

　　"你们干什么去来呀？"

　　水生的女人说：

　　"又给他们送了一些衣裳来！"

　　小队长回头对水生说：

　　"都是你村的？"

　　"不是她们是谁，一群落后分子！"说完把纸盒顺手丢在女人们的船上，一泅，又沉到水底下去了，到很远的地方才钻出来。

小队长开了个玩笑，他说：

"你们也没有白来，不是你们，我们的伏击不会这么彻底。可是，任务已经完成，该回去晒晒衣裳了。情况还紧得很！"

战士们已经把打捞出来的战利品，全装在他们的小船上，准备转移。一人摘了一片大荷叶顶在头上，抵挡正午的太阳。几个青年妇女把掉在水里又捞出来的小包裹，丢给了他们。战士们的三只小船就奔着东南方向，箭一样飞去了，不久就消失在中午水面上的烟波里。

几个青年妇女划着她们的小船赶紧回家，一个个像落水鸡似的。一路走着，因过于刺激和兴奋，她们又说笑起来，坐在船头脸朝后的一个噘着嘴说：

"你看他们那个横样子，见了我们爱搭理不搭理的！"

"啊，好像我们给他们丢了什么人似的。"

她们自己也笑了，今天的事情不算光彩，可是：

"我们没枪，有枪就不往荷花淀里跑，在大淀里就和鬼子干起来！"

"我今天也算看见打仗了。打仗有什么出奇，只要你不着慌，谁还不会趴在那里放枪呀！"

"打沉了，我也会浮水捞东西，我管保比他们水式①好，再深点我也不怕！"

"水生嫂，回去我们也成立队伍，不然以后还能出门吗！"

---

①水式：方言。水性。

"刚当上兵就小看我们,过两年,更把我们看得一钱不值了,谁比谁落后多少呢!"

这一年秋季,她们学会了射击。冬天,打冰夹鱼的时候,她们一个个蹲在流星一样的冰床上,来回警戒。敌人围剿那百顷大苇塘的时候,她们配合子弟兵作战,出入在那芦苇的海里。

一九四五年五月于延安

芦花荡

——白洋淀纪事之二

夜晚，敌人从炮楼的小窗子里，呆望着这阴森黑暗的大苇塘。天空的星星也像浸在水里，而且要滴落下来的样子。到这样深的夜晚，苇塘里才有水鸟飞动和唱歌的声音，白天它们是紧紧藏到窠里躲避炮火去了。苇子还是那么狠狠地往上钻，目标好像就是天上。

敌人监视着苇塘。他们提防有人给苇塘里的人送来柴米，也提防里面的队伍会跑了出去。我们的队伍还没有退却的意思。可是假如是月明风清的夜晚，人们的眼再尖利一些，就可以看见有一只小船从苇塘里撑出来，在淀里，像一片苇叶，奔着东南去了。半夜以后，小船又漂回来，船舱里装满了柴米油盐，有时还带来一两个从远方赶来的干部。

撑船的是一个将近六十岁的老头子，船是一只尖尖的小船。老头子只穿一件蓝色的破旧短裤,站在船尾巴上,手里拿着一根竹篙。

老头子浑身没有多少肉,干瘦得像老了的鱼鹰。可是那晒得干黑的脸,短短的花白胡子却特别精神,那一对深陷的眼睛却特别明亮。很少见到这样尖利明亮的眼睛,除非是在白洋淀上。

老头子每天夜里在水淀出入,他的工作范围广得很:里外交通,运输粮草,护送干部;而且不带一支枪。他对苇塘里的负责同志说:"你什么也靠给我,我什么也靠给水上的能耐,一切保险。"

老头子过于自信和自尊。每天夜里,在被敌人紧紧封锁的水面上,就像一个没事人,他按照早出晚归捕鱼撒网那股悠闲的心情撑着船,编算①着使自己高兴也使别人高兴的事情。

因为他,敌人的愿望就没有达到。

每到傍晚,苇塘里的歌声还是那么响,不像是饿肚子的人们唱的;稻米和肥鱼的香味,还是从苇塘里飘出来。敌人发了愁。

一天夜里,老头子从东边很远的地方回来。弯弯下垂的月亮,浮在水一样的天上。老头子载了两个女孩子回来。孩子们在炮火里滚了一个多月,都发着疟子,昨天跑到这里来找队伍,想在苇塘里休息休息,打打针。

---

①编算:方言。计划,盘算。

老头子很喜欢这两个孩子：大的叫大菱，小的叫二菱。把她们接上船，老头子就叫她们睡一觉。他说："什么事也没有了，安心睡一觉吧，到苇塘里，咱们还有大米和鱼吃。"

孩子们在炮火里一直没安静过，神经紧张得很。一点轻微的声音，闭上的眼就又睁开了。现在又是到了这么一个新鲜的地方，有水有船，荡悠悠的，夜晚的风吹得长期发烧的脸也清爽多了，就更睡不着。

眼前的环境好像是一个梦。在敌人的炮火里打滚，在高粱地里淋着雨过夜，一晚上不知道要过几条汽车路、爬几道沟。发高烧和打寒噤的时候，孩子们也没停下来。一心想：找队伍去呀，找到队伍就好了！

这是冀中区的女孩子们，大的不过十五，小的才十三。她们在家乡的道路上行军，眼望着天边的北斗。她们看着初夏的小麦黄梢，看着中秋的高粱晒米。雁在她们的头顶往南飞去，不久又向北飞来。她们长大成人了。

小女孩子趴在船边，用两只小手淘着水玩儿。发烧的手浸在清凉的水里很舒服，她随手就掬了一把泼在脸上，那脸涂着厚厚的泥和汗。她痛痛快快地洗起来，连那短短的头发。大些的轻声吆喝她：

"看你，这时洗脸干什么？什么时候啊，还这么爱干净！"

小女孩子抬起头来，望一望老头子，笑着说：

"洗一洗就精神了！"

老头子说：

"不怕,洗一洗吧,多么俊的一个孩子呀!"

远远有一片阴惨的黄色的光,突然一转就转到她们的船上来。女孩子正在拧着水淋淋的头发,叫了一声。老头子说:

"不怕,小火轮上的探照灯,它照不见我们。"

他蹲下去,撑着船往北绕一绕。黄色的光仍然向四下里探照,一下照在水面上,一下又照到远处的树林里去了。

老头子小声说:

"不要说话,要过封锁线了!"

小船无声地,但是飞快地前进。当小船和那黑乎乎的小火轮站到一条横线上的时候,探照灯突然照向他们,不动了。两个女孩子的脸被照得雪白,紧接着就扫射过一梭机枪。

老头子叫了一声"趴下",一抽身就跳进水里去,踏着水用两手推着小船前进。大女孩子把小女孩子抱在怀里,倒在船底上,用身子遮盖了她。

子弹吱吱地在她们的船边钻到水里去,有的一见水就爆炸了。

大女孩子负了伤,虽说她没有叫一声也没有哼一声,可是胳膊没有了力量,再也搂不住那个小的,她翻了下去。那小的觉得有一股热热的东西流到自己脸上来,连忙爬起来,把大的抱在自己怀里,带着哭声向老头子喊:

"她挂花了[①]!"

老头子没听见,拼命地往前推着船,还是柔和地说:

[①]挂花了:负伤流血。

"不怕。他打不着我们!"

"她挂了花!"

"谁?"老头子的身体往上蹿了一蹿,随着,那小船很厉害地仄歪①了一下。老头子觉得自己的手脚顿时失去了力量,他用手扒着船尾,跟着浮了几步,才又拼命地往前推了一把。

他们已经离苇塘很近。老头子爬到船上去,他觉得两只老眼有些昏花。可是他到底用篙拨开外面一层芦苇,找到了那窄窄的入口。

一钻进苇塘,他就放下篙,扶起那大女孩子的头。

大女孩子微微睁了一下眼,吃力地说:

"我不要紧。快把我们送进苇塘里去吧!"

老头子无力地坐下来,船停在那里。月亮落了,半夜以后的苇塘,有些飒飒的风响。老头子叹了一口气,停了半天才说:

"我不能送你们进去了。"

小女孩子睁大眼睛问:

"为什么呀?"

老头子直直地望着前面说:

"我没脸见人。"

小女孩子有些发急。在路上也遇见过这样的带路人,带到半路上就不愿带了,叫人为难。她像央告那老头子:

"老同志,你快把我们送进去吧,你看她流了这么多血,

---

①仄歪:倾斜,歪斜。

我们要找医生给她裹伤呀！"

老头子站起来，拾起篙，撑了一下。那小船转弯抹角钻入了苇塘的深处。

这时那受伤的才痛苦地哼哼起来。小女孩子安慰她，又好像是抱怨：一路上多么紧张，也没怎么样，谁知到了这里，反倒……一声一声像连珠箭，射穿老头子的心。他没法解释：大江大海过了多少，为什么这一次的任务，偏偏没有完成？自己没儿没女，这两个孩子多么叫人喜爱！自己平日夸下口，这一次带着挂花的人进去，怎么张嘴说话？这老脸呀！他叫着大菱说：

"他们打伤了你，流了这么多血，等明天我叫他们十个人流血！"

两个孩子全没有答言，老头子觉得受了轻视。他说：

"你们不信我的话，我也不和你们说。谁叫我丢人现眼、打牙跌嘴①呢！可是，等到天明，你们看吧！"

小女孩子说：

"你这么大年纪了，还能打仗？"

老头子狠狠地说：

"为什么不能？我打他们不用枪，那不是我的本事。愿意看，明天来看吧！二菱，明天你跟我来看吧，有热闹哩！"

第二天中午的时候，非常闷热。一轮红日当天，水面上浮着一层烟气。小火轮开得离苇塘远一些，鬼子们又偷偷地

---

①打牙跌嘴：方言。指才夸口就出丑丢脸。

爬下来洗澡了。十几个鬼子在水里泅着，日本人的水式真不错。水淀里没有一个人影，只有一团白绸子样的水鸟，也躲开鬼子往北飞去，落到大荷叶下面歇凉去了。从荷花淀里却撑出一只小船来。一个干瘦的老头子，只穿一条破短裤，站在船尾巴上，有一篙没一篙地撑着，两只手却忙着剥那又肥又大的莲蓬，一个一个投进嘴里去。

他的船头上放着那样大的一捆莲蓬，是刚从荷花淀里摘下来的。不到白洋淀，哪里去吃这样新鲜的东西？来到白洋淀上几天了，鬼子们也还是望着荷花淀瞪眼。他们冲着那小船吆喝，叫他过来。

老头子向他们看了一眼，就又低下头去。还是有一篙没一篙地撑着船，剥着莲蓬。船却慢慢地冲着这里来了。

小船离鬼子还有一箭之地，好像老头子才看出洗澡的是鬼子，只一篙，小船溜溜转了一个圆圈，又回去了。鬼子们拍打着水追过去，老头子张皇失措，船却走不动，鬼子紧紧追上了他。

眼前是几根埋在水里的枯木桩子，日久天长，也许人们忘记这是为什么埋的了。这里的水却是镜子一样平，蓝天一般清，拉长的水草在水底轻轻地浮动。鬼子们追上来，看看就抓上了船。老头子又是一篙，小船旋风一样绕着鬼子们转，莲蓬的清香，在他们的鼻子尖上扫过。鬼子们像是玩着捉迷藏，乱转着身子，抓上抓下。

一个鬼子尖叫了一声，就蹲到水里去。他被什么东西狠狠咬了一口，是一只锋利的钩子穿透了他的大腿。别的鬼子吃惊地往四下里一散，每个人的腿肚子也就挂上了钩。他们挣扎着，想摆脱那毒蛇一样的钩子。那替女孩子报仇的钩子却全找到腿上来，有的两个，有的三个。鬼子们痛得鬼叫，可是再也不敢动弹了。

老头子把船一撑来到他们的身边，举起篙来砸着鬼子们的脑袋，像敲打顽固的老玉米一样。

他狠狠地敲打，向着苇塘望了一眼。在那里，鲜嫩的芦花，一片展开的紫色的丝绒，正在迎风飘洒。

在那苇塘的边缘，芦花下面，有一个女孩子，她用密密的苇叶遮掩着身子，看着这场英雄的行为。

一九四五年八月于延安

村 落 战

■　是个阴天，刮着点西北风。天发亮，敌人两辆铁甲汽车，装着五十多个鬼子，配合着二十匹马队，路过阎家集，向五柳庄方面进攻。

汽车走得很慢，活像乡下的老牛破车，马队不得不紧紧提着缰绳，不然马就跑过汽车去了。一来是道儿不好走，坑坑洼洼；二来是怕地雷。走得虽然很慢，威风却尽量施展，汽车一路呜呜乱叫，离五柳庄还有二里地，汽车就停住，马匹散开，鬼子下车，伏在两旁沟里，向村里开炮。村里没有动静，堤坡上的柳树正在迎风摇摆。

鬼子重新上车上马，望着村里走，村里真是一点动静也没有，街口也没有一个人。这时鬼子的马队像飞一样，向村南村北包剿下去，汽车还是一步一步往街里开，鬼子们紧紧贴着车厢端着枪望着前面。这时已经走到大街里，街道窄了，两旁全是大户人家的高房、墙垛口、临街更楼①。汽车一路走着，呜呜地叫，两边的高墙，就发出呜呜的回声。看看快到了十字街口，忽然从路北一家梢门②里拐出一辆牛车，那匹老黄牛，拉着多半车烂砖头，一看见汽车过来，它就横在街上不动了。前头一辆汽车站住，三个鬼子往下跳，刚刚跨到车皮上，就看见一个小小的黑东西从天空飞下来，像燕子掠水一样，扑到车厢里——"轰！"

汽车跳了三尺来高，跨在车皮上的三个鬼子翻到外面去了，车厢里就全部开了花。这时从两边高房的更楼上，手榴弹接二连三摔下来，机关枪向后面那辆汽车射击，那辆汽车拼命往后退、退、退。鬼子们从车上跳下来往回跑，一到村外，就伏在堤坡后面去了。

鬼子重新布置着向村里开炮，马队配合着向村里开枪，可是村里又没有一点动静了。

连长柳英华就站在街当中路南高升店房上，身边有两个通讯员、一班战士、一挺轻机枪。一个头发黑黑的，穿一件干净利落的黑色短夹袄的孩子正趴在垛口上，往下看炸毁了的汽车和一地的死鬼子，那是小星。英华告诉通讯员，去通知村里的游击组，找空子往外撤，去打马队的屁股；他又对小星说：

---

①更楼：也叫谯（qiáo）楼。旧时专门做报更用的楼，设有更鼓。

②梢门：方言。指畜力车可以出入的门，一般在宅院之后。

"小星,你也和他们撤出去吧,过一会儿情况会紧急。"

小星回过头来说:

"我不去,我和你在一块儿吧,我道路熟。"

通讯员房跳房地告诉了游击组长新月,新月打一声呼哨,两边房上的游击组就跟他跳下房来,在下面院子里集合好,提着枪,冲到街上。新月提着盒子枪走在前面,贴着墙根往西走,路过那坏了汽车的地方。新月招呼着人们,捡起一些武器,往南一拐,从一条小胡同走了。

高升店是五柳庄街上最高的房子,在上面可以控制村子的东西两面。英华伏在一个垛口后面,不久就看见又有三辆汽车从阎家集那边开过来,埋伏在阎家集村边的我们的队伍,向汽车开了枪,汽车没命地冲过来,奔着五柳庄,在那破坏过的汽车路上,一颠一蹿地跑。这三辆比刚才那两辆开得快多了,先头的给它们踏好了道,没有地雷,放心走吧。

可是一到村边,"轰"的一声,前头一辆像受惊的马一样,打了个立桩,车上的鬼子全飞了出来,跌到三丈开外才落地。后面两辆一时停不住,闯上去,这样一来,三辆汽车就成了一座弓腰桥一样,车上的鬼子像掷骰了一样在车厢里乱碰乱撞起来。

英华看见汽车炸翻,倒吃了一惊,他纳闷:是谁这样手快去埋上雷?

小星说:

"一准儿是青元,别人手有这样快,也没有这个胆量。"

村外敌人的炮火很猛,好像已经发现这座高房是目标了。英华叫把机枪往西边转移一下,离开那小小的更楼,又叫小星监视着南北两个街口。

炮弹不断在高房周围落,炸塌了几间房,敌人几次想从东街口冲进来,我们的机枪就安在垛口缝里,敌人不冲不扫,再冲再扫。有五个敌人顺着墙根爬过来,英华用盒子枪瞄着打死了两个,剩下的三个又跑回去了。

英华对战士们说:

"敌人是来报复的,管他火力怎样猛,我们不能让他们进村。敌人一进来就要狠狠烧杀,我们昨天的胜利就完了!"

说话间,敌人一炮瞄准这座小小更楼,小更楼整个栽到街上去了。

天阴惨惨的,时间是快响午了,小星不知什么时候到下面去拿上一些饼来,扔到机枪手和战士们的身边。英华说:

"快爬到那边去,不要动。"

枪炮一直响着。小星说:

"英华哥,刚才下去,洞里的婶子大娘们叫我告诉你,怎么也不要让敌人冲进街里来。她们说,这些大人小孩的命全交给你了!"

一个通讯员爬过来,英华说:

"你想法冲出去,给二排长送命令,叫他解决了阎家集炮楼,就赶紧进攻县城北关。你从南街口出去,那里有一个小交通壕。"

小星赶紧说：

"不行了，敌人已经把南街口堵住。"他从地上站起来，"英华哥，我去送这个命令。我从这里下去，那西房后面有条小夹道，里面就是地道口，我可以钻到村外去，敌人看不见。"

一个炮弹飞过来，打翻两个垛口。英华说："好。还是叫通讯员跟你去，你下去就告诉洞里的人，说敌人进不来，叫他们安安生生待在洞里，不要慌张。"

小星答应了一声，像一只小猴子一样，从高房跳到低房，又从墙角上溜下去，通讯员跟在后面。下去就是一条窄口的夹道，两边黄泥土墙，地下全是烂柴败叶，小星侧着身进去，走到中间，看了看，背过身子，轻轻在墙上一靠，就不见了。通讯员一看，那墙还是一色黄泥土墙，连一个纹丝也没有，吃了一惊，赶紧叫：

"小星同志！"

小星在墙里面说：

"不要嚷嘛！你也背过身子来在墙上靠一下，可要轻轻地。"

通讯员靠了一下，只觉得身不由己地随着进去了，里面是伸手不见掌的黑屋子，通讯员脚没站稳就栽了一跤，小星赶快把他扶住说：

"不要冒冒失失的嘛！"

然后小星跳进一个洞里，不知道是和哪里的人说话，只听他说：

"三大娘！"

也不知道从哪里来了一个嗡嗡的声音：

"怎么咧，小星？敌人进村了吗？"这声音像是从地里来的，又像是从天空来的，像是神仙的指引，又像是电台上的无线电收音。只听小星又说：

"没有。鬼子一辈子也进不来，英华哥说等不到天黑就把他们打退了，叫你们不要怕。"

那个蚊子一样飞来的声音就念了一声：

"阿弥陀佛！"

这时，小星才对通讯员说：

"下来吧！弯腰往左拐！"

通讯员费了很大力气，才钻到洞里，摸了半天，才摸到左边那个道上，等他摸着小星的衣服了，他喘着气说：

"小星同志！走慢点，我跟不上，失了方向可就坏了。"

小星在前面猫腰走着，那孩子活像一条欢跳的小蛇一样，走得很快。通讯员使劲弯着身子，走了几步，已经满头大汗，只得叫道：

"小星同志！我跟不上，我带着枪不好走哩！"

小星说：

"这样吧，你把枪递过来，我拉着走吧，你走得这样慢，天黑也出不去。"

这样，小星像拉算卦的瞎子一样拉着通讯员。

小星心里有些埋怨英华，为什么非叫他跟来，不然，这个时候，他快把命令送到了。

小星硬拉着通讯员往前走，左拐右拐，后来道路宽敞些了，通讯员也走得快些了。忽然他们听见枪炮就在他们头顶上响，后来好像有几个人在他们头顶上跑过去了。小星小声说：

"同志，不要讲话了，已经到了村外。"

又走了一会儿，小星把枪放下，蹲下身子，咕咚咕咚，像拆房子一样，立刻就有一线光亮照到洞里来。小星说：

"好，可以出去了！你小心些，下面是井！"

小星先钻出去，两手抠着井框，两只脚叉开，看着砖缝上去了。通讯员也钻出来，把枪背在肩上，照样攀登上去。他往下一看，是一个浓绿清凉，不知有多么深的一口水井，水平如镜，照见他和小星浑身泥土，这时，他才发觉自己已是满身大汗。

小星探头在井口四面一望，爬出去，通讯员也爬出来，已经是村南一里地的野外，这时庄稼全收割了，没有割的也因为风吹雨打扑倒在地上。天还是阴着，敌人的炮火像刮风一样往村里打，整个五柳庄上面的天空，叫烟、土、乌云罩住了。

在村里、在房顶上也不觉怎样，现在回头一看，小星才觉得英华他们危险，忍不住向通讯员说：

"你看英华哥能抵挡得住吗？"

通讯员说：

"我们柳连长最重视政治影响，他既是那么说，就是剩他一个人，守着那挺机关枪，鬼子也掉不了猴！"

他们就听见从街里发出一阵机枪声，听来是那样急，那样狠，扫开云雾、烟尘，向正南方向射击。小星看见南街口的鬼子一阵乱，他判断一下方向，说：

"鬼子想从南街口进去，好，英华哥也转到高升店的正房上去了，那里正对南街口，他们怎样跳过去的呀？"

小星和通讯员在地里半爬半走往东南方向跑去。在一条小交通沟里，碰见他村里一个游击组员叫秋河的，敞着怀跑过来。小星一见就说：

"你还不去打仗，瞎跑什么？"

秋河说：

"你看见我瞎跑来？我去集合人来着，五毛营，赵家庄，阎家集的游击组全开来了。我们包围着敌人打。"

小星说：

"这就好了，我也是去送命令，叫二排长攻城，你告诉新月哥，叫他们好好打吧！"

小星把命令送到二排长那里的时候，二排已经把阎家集的炮楼解决，接到命令，跑步去奔袭城关。天已快黑了，五柳庄村外的敌人无心恋战，就用那剩下的两辆汽车载着鬼子往城里退。一路上，我们的地雷、枪炮一齐响，打得鬼子三步一停，两步一歇。桑木大队长着了急，从汽车上蹦下来，骑上一匹白色洋马，往野地里窜了。

工会主任青元这一天埋好很多地雷，正伏在汽车旁边一条横沟里休息。桑木的马，跑到沟边，马原是惊了的，桑木一看前面是沟，用皮鞋下死劲一踢马肚子，那马把头一抬，前腿一曲就跳过去。青元顺手一枪，正打中马肚子，那马痛得难忍，浑身一抖，就直直地立了起来。桑木骑不住，闪了下来。完全掉下来也好，但却是一只脚挂在镫里。那洋马没命地奔向城里跑去，桑木头朝下，两只手在地上乱抓，一路上净是豆茬茬高粱地，擦得他头破血流……

一九四五年六月于延安

嘱　咐

　　水生斜背着一件日本皮大衣，偷过了平汉路，天刚大亮。家乡的平原景色，八年不见，并不生疏。这正是腊月天气，从平地望过去，一直望到放射红光的太阳那里。他深深地吸了一口气，把身子一挺，十几天行军的疲劳完全跑净，脚下轻飘飘的，眼有些晕，身子要飘起来。这八年，他走的多半是山路，他走过各式各样的山路：五台附近的高山、黄河两岸的陡山、延安和塞北的大土圪垯山。哪里有敌人就到哪里去，枪背在肩上、拿在手里八年了。

　　水生是一个好战士，现在已经是一个副教导员。可是不瞒人说，八年里他也常常想家，特别是在休息时间，这种想念，很使一个战士苦恼。这样的时候，他就拿起书来或是到操场去，或是到菜园子里去，借游戏、劳动和学习，好把这些事情忘掉。

他也曾有过一种热望,能有个机会再打到平原上去,到家看看就好了。

现在机会来了。他请了假,绕道家里看一下。因为地理熟,一过铁路他就不再把敌人放在心上。他悠闲地走着,四面八方观看着,为的是饱看一下八年不见的平原风景。铁路旁边并排的炮楼,有的已经拆毁,破墙上洒落了一片鸟粪。铁路两旁的柳树黄了叶子,随着铁轨伸展到远远的北方。一列火车正从那里慢慢地滚过来,惨叫,吐着白雾。

一时,强烈的战斗要求和八年的战斗景象涌到心里来。他笑了一笑,想:现在应该把这些事情暂时地忘记,集中精神看一看家乡的风土人情吧。他信步走着,想享受享受一个人在特别兴奋时候的愉快心情。他看看麦地,又看看天,看看周围那像深蓝淡墨涂成的村庄图画。这里离他的家不过九十里路,一天的路程。今天晚上,就可以到家了。

不久,他觉得这种感情有些做作,心里面并不那么激动。幼小的时候,离开家十天半月,当黄昏的时候走近了自己的村庄,望见自己家里烟囱上冒起的袅袅的轻烟,心里就醉了。现在虽然对自己的家乡还是这样爱好、崇拜,但是那样的一种感情没有了。

经过的村庄街道都很熟悉。这些村庄经过八年战争,满身创伤,许多被敌人烧毁的房子,还没有重新盖起来。村边的炮楼全拆了,砖瓦还堆在那里,有的就近利用起来,垒了个厕所。在形式上,村庄没有发展,没有添新的庄院和房屋。

许多高房、大的祠堂，全拆毁修了炮楼，幼时记忆里的几块大坟地，高大的杨树和柏树也砍伐光了，坟墓暴露出来，显得特别荒凉。但是村庄的血液，人民的心却壮大发展了。一种平原上特有的勃勃生气，更是强烈扑人。

水生的家在白洋淀边上。太阳平西的时候，他走上了通到他家去的那条大堤，这里离他的村庄十五里路。

堤坡已经破坏，两岸成荫的柳树砍伐了，堤里面现在还满是水。水生从一条小道上穿过，地势一变化，使他不能正确地估计村庄的方向。

太阳落到西边远远的树林里去了，远处的村庄迅速地变化着颜色。水生望着树林的疏密，辨别自己的村庄。家近了，就进家了！家对他不是吸引，却是一阵心烦意乱。他想起许多事。父亲确实的年岁忘记了，是不是还活着？父亲很早就有痰喘的病。还有自己女人，正在青春，一别八年，分离时她肚子里正有一个小孩子。房子烧了吗？

不是什么悲喜交加的情绪，这是一种沉重的压迫，对战士的心是很大的消耗。他在心里驱逐这种思想感情，他走得很慢，他决定坐在这里，抽袋烟休息休息。

他坐下来打火抽烟，田野里没有一个人，风有些冷了，他打开大衣披在身上。他从积满泥水和腐草的水洼望过去，微微地可以看见白洋淀的边缘。

黄昏时候，他走到了自己的村边，他家就住在村边上。他看见房屋并没烧，街里很安静，这正是人们吃完晚饭，准备上门的时候了。

他在门口遇见了自己的女人。她正在那里悄悄地关闭那外面的梢门。水生亲热地叫了一声：

"你！"

女人一怔，睁开大眼睛，咧开嘴笑了笑，就转过身子去抽抽搭搭地哭了。水生看见她脚上那白布封鞋，就知道父亲准是不在了。两个人在那里站了一会儿。还是水生把门掩好说："不要哭了，家去吧！"他在前面走，女人在后面跟，走到院里，女人紧走两步赶在前面，到屋里去点灯。水生在院里停了停。他听着女人忙乱地打火，灯光闪在窗户上了。女人喊："进来吧！还做客吗？"

女人正在叫唤着一个孩子。他走进屋里，女人从炕上拖起一个孩子来，含着两眼泪水笑着说：

"来，这就是你爹，一天价看见人家有爹，自己没爹，这不现在回来了。"说着已经不成声音。水生说：

"来！我抱抱。"

老婆把孩子送到他怀里，他接过来，八九岁的女孩子竟有这么重。那孩子从睡梦里醒来，好奇地看着这个生人，这个"八路"。女人转身拾掇着炕上的纺车线子等东西。

水生抱了孩子一会儿，说：

"还睡去吧。"

女人安排着孩子睡下，盖上被子。孩子却圆睁着两眼，再也睡不着。水生在屋里转着，在那扑满灰尘的迎门橱上的大镜子里照看自己。

女人要端着灯到外间屋里去烧水做饭,望着水生说:

"从哪里回来?"

"远了,你不知道的地方。"

"今天走了多少里?"

"九十。"

"不累吗?还在地下溜达?"

水生靠在炕头上。外面起了风,风吹着院里那棵小槐树,月光射到窗纸上来。水生觉得这屋里是很暖和的,在黑影里问那孩子:

"你叫什么?"

"小平。"

"几岁了?"

女人在外边拉着风箱①说:

"别告诉他,他不记得吗?"

孩子回答说:

"八岁。"

"想我吗?"

"想你。想你,你不来。"孩子笑着说。

女人在外边也笑了。说:

"真的!你也想过家吗?"

---

①风箱:旧时用来产生风力的设备,由一个木箱、一个推拉的木制把手和活动木板构成,用来鼓风,使灶火旺盛。

水生说：

"想过。"

"在什么时候？"

"闲着的时候。"

"什么时候闲着？"

"打过仗以后，行军歇下来，开荒休息的时候。"

"你这几年不容易呀？"

"嗯，自然你们也不容易。"水生说。

"嗯？我容易！"她有些气愤地说着，把饭端上来，放在炕上，"爹是顶不容易的一个人，他不能看见你回来……"她坐在一边看着水生吃饭，看不见他吃饭的样子八年了。水生想起父亲，胡乱吃了一点，就放下了。

"怎么？"她笑着问，"不如你们那小米饭好吃？"

水生没答话。她拾掇了出去。

回来，插好了隔山门。院子里那挤在窝里的鸡们，有时转动扑腾。孩子睡着了，睡得是那么安静，那呼吸就像泉水在春天的阳光里冒起的小水泡，愉快地升起，又幸福地降落。女人爬到孩子身边去，她一直呆望着孩子的脸。她好像从来没有见过这个孩子，孩子好像是从别人家借来，好像不是她生出，不是她在那潮湿闷热的高粱地，在那残酷的"扫荡"里奔跑喘息，头鞋用袜抱养大的，她好像不曾在这孩子身上寄托了一切，并且在孩子的身上祝福了孩子的爹："那走得远远的人，早一天胜利回来吧！一家团聚。"好像她并没有常常在深深的夜晚醒来，向着那不懂事的孩子，诉说着翻来覆去的题目：

"你爹哩，他到哪里去了？打鬼子去了……他拿着大枪骑着大马……就要回来了，把宝贝放在马上……多好啊！"

现在，丈夫像从天上掉下来一样。她好像是想起了过去的一切，还编排那准备了好几年的话，要向现在已经坐到她身边的丈夫诉说了。

水生看着她。离别了八年，她好像并没有老多少。她今年二十九岁了，头发虽然乱些，可还是那么黑。脸孔苍白了一些，可是那两只眼睛里的光，还是那么强烈。

他望着她身上那自纺自织的棉衣和屋里的陈设。不论是人的身上，人的心里，都表现出是叫一种深藏的志气支撑，闯过了无数艰难的关口。

"还不睡吗？"过了一会儿，水生问。

"你困你睡吧，我睡不着。"女人慢慢地说。

"我也不困。"水生把大衣盖在身上，"我是有点冷。"

女人看着他那日本皮大衣，笑着问：

"说真的，这八九年，你想过我吗？"

"不是说过了吗？想过。"

"怎么想法？"她逼着问。

"临过平汉路的那天夜里，我宿在一家小店，小店里有个鱼贩子是咱们乡亲。我买了一包小鱼下饭，吃着那鱼，就想起了你。"

"胡说。还有吗？"

"没有了。你知道我是出门打仗去了，不是专门想你去了。"

"我们可常常想你，黑夜白日。"她支着身子坐起来，"你能猜一猜我们想你的那段苦情吗？"

"猜不出来。"水生笑了笑。

"我们想你，我们可没有想叫你回来。那时候，日本人就在咱村边。可是在黑夜，一觉醒了，我就想：你如果能像天上的星星，在我眼前晃一晃就好了。可是能够吗？"

从窗户上那块小小的玻璃上结起来冰花。夜深了，大街的高房上有人高声广播：

"民兵自卫队注意！明天，鸡叫三遍集合，带好武器和一天的干粮！"

那声音转动着，向四面八方有力地传送。在这样降落霜雪严寒的夜里，一只粗大的喇叭在热情地呼喊。

"他们要到哪里去？"水生照战争习惯，机警地直起身子来问。

"准是到胜芳。这两天，那里很紧！"女人一边细心听着，一边小声地说。

"他们知道我们来了。"

"你们来了？你要上哪里去？"

"我们是调来保卫冀中平原，打退进攻的敌人的！"

"你能在家住几天？"

"就是这一晚上。我是请假绕道来看望你的。"

"为什么不早些说？"

"还没顾着啊！"

女人呆了。她低下头去，又无力地仄在炕上。过了半天，她说：

"那么就赶快休息休息吧,明天我撑着冰床子去送你。"

鸡叫三遍,女人就先起来给水生做了饭吃。这是一个大雾天,地上堆满了霜雪。女人把孩子叫醒,穿得暖暖的,背上冰床,锁了梢门,送丈夫上路。出了村,她要丈夫到爹的坟上去看看。水生说等以后回来再说,女人不肯。她说:

"你去看看,爹一辈子为了我们。八年,你只在家里待了一个晚上。爹叫你出去打仗了,是他一个老年人照顾了咱们全家。这是什么太平日子呀?整天价东逃西窜。因为你不在家,爹对我们娘儿俩,照顾得唯恐不到。只怕一差二错,对不起在外抗日的儿子。每逢夜里一有风声,他老人家就先在院里把我叫醒,说:'水生家起来吧,给孩子穿上衣裳。'不管风里雨里,多么冷,多么热,他老人家背着孩子逃跑,累得痰喘咳嗽。是这个苦日子,遭难的日子,担惊受怕的日子,把他老人家累死的。还有那年大饥荒……"

在河边,他们放下冰床。水生坐上去,抱着孩子,用大衣给她包好脚。女人站在床子后尾,撑起了竿。女人是撑冰床的好手,她逗着孩子说:

"看你爹没出息,当了八年八路军,还得叫我撑冰床子送他!"

她轻轻地跳上冰床子后尾,像一只雨后的蜻蜓爬上草叶。轻轻用竿子向后一点,冰床子前进了。大雾笼罩着水淀,只有眼前几丈远的冰道可以望见。河两岸残留的芦苇上的霜花飒飒飘落,人的衣服立时变成银白色。她用一块长的黑布紧紧把头发包住,冰床像飞一样前进,好像离开了冰面行走。

她的围巾的两头飘到后面去，风正从她的前面吹来。她连撑几竿，然后直起身子来向水生一笑。她的脸冻得通红，嘴里却冒着热气。小小的冰床像离开了强弩的箭，擢起的冰屑，在它前面打起团团的旋花。前面有一条窄窄的水沟，水在冰缝里汩汩地流，她只说了一声"小心"，两脚轻轻地一用劲儿，冰床就像受了惊的小蛇一样，抬起头来，蹿过去了。

水生警告她说：

"你慢一些，疯了？"

女人擦一擦脸上的冰雪和汗，笑着说：

"同志！我们送你到战场上去呀，你倒说慢一些！"

"擦破了鼻子就不闹了。"

"不会。这是从小玩熟了的东西。今天更不会。在这八年里面，你知道我用这床子，送过多少次八路军？"

冰床在霜雾里、在冰上飞行。

"你把我送到丁家坞，"水生说，"到那里，我就可以找到队伍了。"

女人没有言语。她呆望着丈夫，停了一会儿，才说：

"你给孩子再盖一盖，你看她的手露着。"她轻轻地喘了两口气，又说，"你知道，我现在心里很乱。八年我才见到你，你只在家里待了不到多半夜的工夫。我为什么撑得这么快？为什么着急把你送到战场上去？我是想，你快快去，快快打走了进攻我们的敌人，你才能快快地回来，和我见面。

"你知道，我们，我们这些留在家里当媳妇的，最盼望胜利。我们在地洞里、在高粱地里等着这一天。这一天来了我们那高兴,是不能和别人说的。

"进攻胜芳的敌人,是坐飞机来的;他们躺在后方,和妻子团聚了八九年。他们来了,可把我们的幸福打破了,他们打破了我们的心。他们造的罪孽是多么重!一定要把他们完全消灭!"

冰床跑进水淀中央,这里是没有边际的冰场。太阳从冰面上升起来,冲开了雾,形成了一条红色的胡同,扑到这里来,照在冰床上。女人说:

"爹活着的时候常说,水生出去是打开一条活路,打开了这条活路,我们就得活,不然我们就活不了。八年,他老人家焦愁死了。国民党反动派又要和日本一样,想来把我们活着的人完全逼死!

"你应该记着爹的话,向上长进,不要为别的事情分心,好好打仗。八年过去了,时间不算不长。只要你还在前方,我等你到死!"

在被大雾笼罩、杨柳树环绕的丁家坞村边,水生下了冰床。他望着呆呆站在冰上的女人说:

"你们也到村里去暖和暖和吧。"

女人忍住眼泪,笑着说:

"快去你的吧!我们不冷。记着,好好打仗,快回来,我们等着你的胜利消息。"

一九四六年河间

山地回忆

从阜平乡下来了一位农民代表，参观天津的工业展览会。我们是老交情，已经快有十年不见面了。我陪他去参观展览，他对于中纺的织纺，对于那些改良的新农具特别感兴趣。临走的时候，我一定要送点东西给他，我想买几尺布。

为什么我偏偏想起买布来？因为他身上穿的还是那样一种浅蓝的土靛染的粗布裤褂。这种蓝的颜色，不知道该叫什么蓝，可是它使我想起很多事情，想起在阜平穷山恶水之间度过的三年战斗的岁月，使我记起很多人。这种颜色，我就叫它"阜平蓝"或是"山地蓝"吧。

他这身衣服的颜色，在天津很是显得突出，也觉得土气。

但是在阜平，这样一身衣服，织染既是个容易，穿上也就觉得鲜亮好看了。阜平土地很少，山上都是黑石头，雨水很多很暴,有些泥土就冲到冀中平原上来了——冀中是我的家乡阜平的农民没有见过大的地块,他们所有的,只是像炕合那样大,或是像锅台那样大的一块土地。在这小小的、不规落的,有时是尖形的,有时是半圆形的,有时是梯形的小块土地上,他们费尽心思,全力经营。他们用石块垒起,用泥土包住,在边沿栽上枣树,在中间种上玉黍。

阜平的天气冷,山地不容易见到太阳。那里不种棉花,我刚到那里的时候,老大娘们手里搓着线锤。很多活计用麻代线,连袜底也是用麻纳的。

就是因为袜子,我和这家人认识了,并且成了老交情。那是个冬天,该是一九四一年的冬天,我打游击打到了这个小村庄,情况缓和了,部队决定休息两天。

我每天到河边去洗脸,河里结了冰,我蹲在冰冻的石头上,把冰砸破,浸湿毛巾,等我擦完脸,毛巾也就冻挺了。有一天早晨,刮着冷风,只有一抹阳光,黄黄地落在河对面的山坡上。我又蹲在那块石头上去,砸开那个冰口,正要洗脸,听见在下水流有人喊:

"你看不见我在这里洗菜吗?洗脸到下边洗去!"

这声音是那么严厉,我听了很不高兴。这样冷天,我来砸冰洗脸,反倒妨碍了人。心里一时挂火,就也大声说:

"离着这么远,会弄脏你的菜!"

我站在上风头,狂风吹送着我的愤怒。我听见洗菜的人也恼了,那人说:

"菜是下口的东西呀！你在上流洗脸洗屁股，为什么不脏？"

"你怎么骂人？"我站立起来转过身去，才看见洗菜的是个女孩子，也不过十六七岁。风吹红了她的脸，像带霜的柿叶；水冻肿了她的手，像上冻的红萝卜。她穿的衣服很单薄，就是那种蓝色的破袄裤。

在十月严冬的河滩上，敌人往返烧毁过几次的村庄的边沿，寒风里，她抱着一篮子水沤的杨树叶，这该是早饭的食粮。

不知道为什么，我一时心平气和下来。我说：

"我错了，我不洗了，你在这块石头上来洗吧！"

她冷冷地望着我，过了一会儿才说：

"你刚在那石头上洗了脸，又叫我站上去洗菜！"

我笑着说：

"你看你这人，我在上水洗，你说下水脏，这么一条大河，哪里就能把我脸上的泥土冲到你的菜上去？现在叫你到上水来，我到下水去，你还说不行，那怎么办哩？"

"怎么办？我还得往上走！"

她说着，扭着身子逆着河流往上去了。蹲在一块尖石上，把菜篮浸进水里，把两手插在袄襟底下取暖，望着我笑了。

我哭不得，也笑不得，只好说：

"你真讲卫生呀！"

"我们是真卫生，你们是装卫生！你们净笑话我们，说我们山沟里的人不讲卫生,住在我们家里,吃了我们的饭,还刷嘴刷牙。我们的菜饭再不干净,难道还会弄脏了你们的嘴?为什么不连肠子肚子都刷刷干净!"说着就笑得弯下腰去。

我觉得好笑。可也看见,在她笑着的时候,她的整齐的牙齿洁白得放光。

"对,你卫生,我们不卫生。"我说。

"那是假话吗?你们一个饭缸子,也盛饭,也盛菜,也洗脸,也洗脚,也喝水,也尿泡,那是讲卫生吗?"她笑着用两手在冷水里刨抓。

"这是物质条件不好,不是我们愿意不卫生。等我们打败了日本,占了北平,我们就可以吃饭有吃饭的家伙,喝水有喝水的家伙了,我们就可以一切齐备了。"

"什么时候,才能打败鬼子?"女孩子望着我,"我们的房,叫他们烧过两三回了!"

"也许三年,也许五年,也许十年八年。可是不管三年五年、十年八年,我们总是要打下去,我们不会悲观的。"我这样对她讲,当时觉得这样讲了以后,心里很高兴了。

"光着脚打下去吗?"女孩子转脸望了我脚上一下,就又低下头去洗菜了。

我一时没弄清是怎么回事,就问:

"你说什么?"

"说什么?"女孩子也装没有听见,"我问你为什么不穿袜子,脚不冷吗?也是卫生吗?"

"咳！"我也笑了，"这是没有法子嘛，什么卫生！从九月里就反'扫荡'，可是我们八路军，是非到十月底不发袜子的。这时候，正在打仗，哪里去找袜子穿呀？"

"不会买一双？"女孩子低声问。

"哪里去买呀，净住小村，不过镇店。"我说。

"不会求人做一双？"

"哪里有布呀？就是有布，求谁做去呀？"

"我给你做。"女孩子洗好菜站起来，"我家就住在那个坡子上，"她用手一指，"你要没有布，我家里有点，还够做一双袜子。"

她端着菜走了，我在河边上洗了脸。我看了看我那只穿着一双"踢倒山"的鞋子、冻得发黑的脚，一时觉得我和面前这山、这水、这沙滩，永远不能分离了。

我洗过脸，回到队上吃了饭，就到女孩子家去。她正在烧火，见了我就说：

"你这人倒实在，叫你来你就来了。"

我既然摸准了她的脾气，只是笑了笑，就走进屋里。屋里蒸气腾腾，等了一会儿，我才看见炕上有一个大娘和一个四十多岁的大伯，围着一盆火坐着。在大娘背后还有一位雪白头发的老大娘。一家人全笑着让我炕上坐。女孩子说：

"明儿别到河里洗脸去了，到我们这里洗吧，多添一瓢水就够了！"

大伯说：

"我们妞儿刚才还笑话你哩!"

白发老大娘瘪着嘴笑着说:

"她不会说话,同志,不要和她一样呀!"

"她很会说话!"我说,"要紧的是她心眼儿好,她看见我光着脚,就心疼我们八路军!"

大娘从炕角里扯出一块白粗布,说:

"这是我们妞儿纺了半年线赚的,给我做了一条棉裤,剩下的说给她爹做双袜子,现在先给你做了穿上吧。"

我连忙说:

"叫大伯穿吧!要不,我就给钱!"

"你又装假了,"女孩子烧着火抬起头来,"你有钱吗?"

大娘说:

"我们这家人,说了就不能改移。过后再叫她纺,给她爹赚袜子穿。早先,我们这里也不会纺线,是今年春天,家里住了一个女同志,教会了她。还说再过来了,还教她织布哩!你家里的人,会纺线吗?"

"会纺!"我说,"我们那里是穿洋布哩,是机器织纺的。大娘,等我们打败日本……"

"占了北平,我们就有洋布穿,就一切齐备!"女孩子接下去,笑了。

可巧,这几天情况没有变动,我们也不转移。每天早晨,我就到女孩子家里去洗脸。第二天去,袜子已经剪裁好,第三天去她已经纳底子了,用的是细细的麻线。她说:

"你们那里是用麻用线?"

"用线。"我摸了摸袜底,"在我们那里,鞋底也没有这么厚!"

"这样坚实。"女孩子说,"保你穿三年,能打败日本不?"

"能够。"我说。

第五天,我穿上了新袜子。

和这一家人熟了,这儿就又成了我新的家。这一家人身体都健壮,又好说笑。女孩子的母亲,看起来比女孩子的父亲还要健壮。女孩子的姥姥九十岁了,还那么结实,耳朵也不聋,我们说话的时候,她不插言,只是微微笑着,她说她很喜欢听人们说闲话。

女孩子的父亲是个生产的好手,现在地里没活儿了,他正计划贩红枣到曲阳去卖,问我能不能帮他的忙。部队重视民运工作,上级允许我帮老乡去做运输,每天打早起,我同大伯背上一百多斤红枣,顺着河滩,翻山越岭,送到曲阳去。女孩子早起晚睡给我们做饭,饭食很好。一天,大伯说:

"同志,你知道我是沾你的光吗?"

"怎么沾了我的光?"

"往年,我一个人背枣,我们妞儿是不会给我吃这么好的!"

我笑了。女孩子说:

"沾他什么光,他穿了我们的袜子,就该给我们做活了!"

又说:

"你们跑了快半月,赚了多少钱?"

"你看,她来查账了,"大伯说,"真是,我们也该计算计算了!"他打开放在被垒底下的一个小包袱,"我们这叫'包袱账',赚了赔了,反正都在这里面。"

我们一同数了票子,一共赚了五千多块钱。女孩子说:"够了。"

"够干什么了?"大伯问。

"够给我买架织布机子了!这一趟,你们在曲阳给我买架织布机子回来吧!"

无论姥姥、母亲、父亲和我,都没人反对女孩子这个正当的要求。我们到了曲阳,把枣卖了,就去买了一架机子。大伯不怕多花钱,一定要买一架好的,把全部盈余都用光了。我们分着背了回来,累得浑身流汗。

这一天,这一家人最高兴,也该是女孩子最满意的一天。这像要了几亩地,买回一头牛;这像置好了结婚前的陪送。

以后,女孩子就学习纺织的全套手艺了:纺、拐、浆、落、经、镶、织。

她卸下第一匹布的那天,我出发了。从此以后,我走遍山南塞北,那双袜子,整整穿了三年也没有破绽。一九四五年,我们战胜了日本强盗,我从延安回来,在碛口地方,跳到黄河里去洗了一个澡。一时大意,奔腾的黄水,冲走了我的全部衣物,也冲走了那双袜子。黄河的波浪激荡着我关于敌后几年生活的回忆,激荡着我对于那女孩子的纪念。

开国典礼那天,我同大伯一同到百货公司去买布,送他和大娘一人一身蓝士林布,另外,送给女孩子一身红色的。大伯没见过这样鲜艳的红布,对我说:

"多买上几尺,再买点黄色的!"

"干什么用?"我问。

"这里家家门口挂着新旗,咱那山沟里准还没有哩!你给了我一张国旗的样子,一块儿带回去,叫妞儿给做一个,开会过年的时候,挂起来!"

他说妞儿已经有两个孩子了,还像小时那样,就是喜欢新鲜东西,说什么也要学会。

一九四九年十二月

小 胜 儿

一

一冀中有了个骑兵团。这是华北八路军的第一支骑兵,是新鲜队伍,立时成了部队的招牌幌子,不管什么军事检阅、纪念大会,头一项人们最爱看的,就是骑兵表演。

马是那样肥壮,个子毛色又整齐,人又是那样年轻,连那个热情的杨主任,也不过二十一岁。

农民们亲近自己的军队,也爱好马匹。每当骑兵团在早晨或是黄昏的雾露里从村边开过,农民们就放下饭碗,担起水筲①,帮助战士饮马。队伍不停下,他们就站在堤头上去观看:

---

① 水筲:水桶。

"这马儿是怎么喂的,个个圆膘!庄稼牲口说什么也比不上。"

"骑黑马的是杨主任,在前面背三件家伙的是小金子!"

"这孩子!你看他像粘在马上一样。"

小金子十七岁上参加了军队,十九岁给杨主任当了警卫员,骑着一匹从日寇手里夺来的红洋马。

远近村庄都在观看这个骑兵团。这村正恋恋不舍地送走最后一匹,前村又在欢迎小金子的头马了。

今天,队伍不知开到哪里去,走得并不慌忙,很是严肃。从战士脸上的神情和马的脚步看来,也不像有什么情况。

"是出发打仗,还是平常行军?"一个青年农民问他身边一个青年妇女。

"我看是打仗去!"妇女说。

"你怎么看得出来,杨主任告诉你了?"

"我认识小金子。你看着,小金子噘着嘴,那就是平常行军,他常舍不得离开房东大娘;脸上挂笑,可又不笑出来,那准是出发打仗。傻孩子!你记住这个就行了。"

二

这个妇女是猜着了。过了两天,这个队伍就打起仗来,打的是那有名的英勇壮烈的一仗。敌人"五一大'扫荡'"突然开始,骑兵团分散作战,两个连突到路西去,一个连做后卫陷入了敌人的包围,整整打了一天。在五月麦黄的日子,冀中平原上，打得天昏地暗，打得树木脱枝落叶、道沟里鲜血滴滴。杨主任在这一仗里牺牲了，炮弹炸翻的泥土，埋葬了他的马匹。小金子受了伤，用手刨着土掩盖了主任的尸体，带着一支打完子弹的短枪，夜晚突围出来，跑了几步就大口吐了血。

这是后话。现在小金子跑在队伍的前面，轻快地行军。他今天脸上挂笑，是因为在出发的时候，收到了一件心爱的东西。一路上，他不断抽出手来摸摸兜囊，这小小的礼品就藏在那里面。

太阳刚刚升出地面。太阳一升出地面，平原就在同一个时刻，承受了它的光辉。太阳光像流水一样，从麦田、道沟、村庄和树木的身上流过。这一村的雄鸡接着那一村的雄鸡歌唱。这一村的青年自卫队在大场院里跑步，那一村也听到了清脆的口令。

一路上，大麻子刚开的紫色绒球一样的花，打着小金子的马肚皮，阵阵的露水扫湿了他的裤腿。他走得不慌不忙，信马由缰。主任催他：

"小金子同志，放快些吧，天黑的时候，我们要到石佛镇宿营哩！"

"报告主任，"小金子转过身来笑着说，"就这样走法，也用不着天黑！"

"这样热天，你愿意晒着呀？"主任说，"口渴得很哩！"

小金子说：

"过了树林,前面有个瓜园,我去买瓜!我和那个开瓜园的老头儿有交情,咱们要吃瓜,他不会要钱。可是,现在西瓜还不熟,只能将就着摘个小酥瓜儿吃!"

主任说:

"怎么能白吃老百姓的瓜呢?把水壶给我吧!"

递过水壶去,小金子说:

"到了石佛,我给主任去要一间房,管保凉快、清净,没有臭虫。"

他从兜囊扯出了那件东西,一扬子在马屁股上抽了一下,马就奔跑起来。

主任的小黑马追上去,主任说:

"小金子!那是件什么东西?"

"小马鞭!"小金子又在空中一扬。那是一支短短的,用各色绸布结成的小马鞭,像是儿童的玩具。

"你总是顽皮,哪里弄来的?我们是骑兵,还用马鞭子?"主任笑着。

"骑兵不用马鞭,谁用马鞭?戏台上的大将,还拿着马鞭打仗哩!"小金子说。

"那是唱戏,我们要腾开手来打仗,用不着这个。进村了,快收起来,人家要笑话哩!"主任说。

小金子又看了几眼,才把心爱的物件插到兜囊里去,心里有些不高兴。他想人家好心好意给做了,不能在进村的时候施展施展,多么对不住人家?人家不知道费了多大工夫哩!

主任又问了：

"买的，还是求人做的？"

"是家里捎来的。"

"怎么单捎了这个来？"

"他们准是觉得我当了骑兵，缺少的就是马鞭子，心爱的也是这个。"

"怎么那样花花绿绿？"

"是个女孩子做的，她喜欢这个颜色！"

"是你的什么人呀？"

"一家邻舍，从小儿一块儿长大的。"

主任没有往下问，在年岁上，他不过比小金子大两岁。在情感这个天地里，人们会是相同的。过了一刻，他说：

"回家或是路过，谢谢人家吧！"

三

五月里打过仗，小金子受伤回到家里。他饭也吃不下，觉也睡不着。主任和那些马匹、马匹的东奔西散、同志们趴在道沟里战斗牺牲……老在他眼前转，使他坐立不安。黑间白日，他尖着耳朵听着，好像哪里又有集合的号音、练兵的口令、主任的命令、马蹄的奔腾；过了一会儿又什么也听不见了。他的病一天一天重了。

小金子的爹，今年五十九岁了，只有这一个儿子，给他挖了一个洞，洞口就在小屋里破旧的迎门橱后面，出口在前邻小胜儿家。小胜儿，就是给小金子捎马鞭子的那个姑娘。

小胜儿的爹在山西挑货郎担儿，十几年不回家了。那年小金子的娘死了，没人做活，小金子的爹，心里准备下了一堆好话，把布拿到前邻小胜儿的娘那里。小胜儿的娘一听就说：

"她大伯，你别说这个。咱们虽说不是一姓一家，但住得这么近，就像一家似的，你有什么活儿，尽管拿过来。我过着穷日子，就知道没人的难处，说句浅话，求告你的时候正在后头哩。把布放下吧，我给你裁铰裁铰做上。"

从这以后，两家人就过得很亲密。

小金子从战场回来，小胜儿的娘把他抱在怀里，摸着那扯破的军装说：

"孩子，你们是怎么着，爬着滚着地打来呀，新布就撕成这个样子！小胜儿，快去给你哥哥找衣裳来换！"

小金子说：

"不用换。"

"傻孩子，"小胜儿的娘说，"不换衣裳，也得养养病呀！看你的脸成了什么颜色！快脱下来，叫小胜儿给你缝缝。你看这血，这是你流的……"

"有我流的，也有同志们流的！"小金子说。

母女两个连夜帮着小金子的爹挖洞，劝说着小金子进去养病养伤。

四

敌人在田野拉网清剿,村里成了据点,正在清查户口。母女两个整天为小金子担心,焦愁得饭也吃不下去。她们不让小金子出来,每天早晨,小胜儿把饭食送进洞里去,又把便尿端出来。

那天,她用一块手巾把头发包好,两只手抱着饭罐,从洞口慢慢往里爬。爬到洞中间,洞里的小油灯忽地灭了,她小声说:"是我。"把饭罐轻轻放好,从身上掏出洋火①,擦了好几根,才把灯点着。洞里一片烟雾,她看见小金子靠在潮湿的泥土上,脸色苍白得怕人,一言不发。她问:

"你怎么了?"

"这样下去,我就死了。"小金子说。

"这有什么办法呀?"小胜儿坐在那像在水里泡过的褥子上,"鬼子像在这里住了老家,不打,他们自己会走吗?"她又说,"我问问你,杨主任牺牲了?"

"牺牲了。我老是想他。"小金子说,"跟了他两三年,年纪又差不多,老是觉着他还活着,一时想该给他打饭,一时又想该给他鞴马了。可是去哪里找他呀,想想罢了!"

"他的面目我记得很清楚,"小胜儿说,"那天,他跟着你到咱们家来,我觉着比什么都光荣。说话他就牺牲了,他是个南方人吧?"

———————
①洋火:旧时对火柴的称呼。

"离我们有几千里地,贵州地面哩。你看他学咱这里的话学得多像!"小金子说。

小胜儿说:

"不知道家里知道他的死讯不?知道了,一家人要多难过!自然当兵打仗,说不上那些。"

小金子说:

"先是他同我顶着打,叫同志们转移,后来我受了伤,敌人冲到我面前,他跳出了掩体和敌人拼了死命。打仗的时候,他自己勇敢得没对儿,总叫别人小心。平时体贴别人,自己很艰苦。那天行军,他渴了,我说给他摘个瓜吃,他也不允许。"

"为什么,吃个瓜也不允许?"小胜儿问。

"因为不只他一个人呀。我心里有什么事,他立时就能看出来。也是那天,我玩弄你捎给我的小马鞭,他批评了我。"

"那是闹着玩儿的,"小胜儿说,"他为什么批评你哩?"

"他说是花花绿绿,不像个战士样子,我就把马鞭子装起来了。可是,过了一会儿,他又叫我谢谢你。"

"有什么谢头,叫你受了批评还谢哩!"小胜儿笑了一下,"我们别忘了给他报仇就是了!你快着养壮实了吧!"

五

小胜儿从洞里出来,就和她娘说:

"我们该给小金子买些鸡蛋,称点挂面。"

娘说：

"叫鬼子闹的，今年麦季没收，秋田没种，高粱小米都吃不起，这年头摘摘借借也困难。"

小胜儿说：

"娘，我们赶着织个布卖了去吧！"

娘说：

"整天价逃难，提不上鞋，哪里还能织布？你安上机子，知道那兔羔子们什么时候闯进来呀？"

"要不我们就变卖点东西？人家的病要紧哩！"小胜儿说。

"你这孩子！"娘说，"什么人家的病，这不像亲兄弟一样吗？可是，咱一个穷人家，有什么可变卖的哩，有什么值钱的物件哩？"

小胜儿也仰着脖子想，她说：

"要不，把我那件袄卖了吧！"

"哪件袄？你那件花丝葛袄吗？"娘问着，"哪有还没过事，就变卖陪送的哩？"

小胜儿说：

"整天藏藏躲躲的，反正一时也穿不着，不是埋坏了，就是叫他们抢走了，我看还是拿出去卖了它吧！"

"依我的心思呀，"娘笑着说，"这么兵荒马乱，有个对事①的人家，我还想早些打发你出去，省得担惊受怕哩！那件衣裳不能卖，那是我心上的一件衣裳！"

①对事：合适。

"可是，晚上他就没得吃，叫他吃红饼子?"小胜儿说，"今儿个是集日，快拿出去卖了吧！"

到底是女儿说服了娘，包起那件衣服，拿到集上去。集市变了，看不见年轻人和正经买卖人，没有了线子市，也没有了花布市。小胜儿的娘抱着棉袄，在十字路口靠着墙站了半天，也没个买主。晌午错了，才过来个汉奸，领着一个浪荡女人，要给她买件衣裳。小胜儿的娘不敢争价，就把那件衣裳卖了。她心痛了一阵儿，好像卖了女儿身上的肉一样。称了一斤挂面，买了十个鸡蛋，拿回家来，交给小胜儿，就啼哭起来，天还不黑就盖上被子睡觉去了。

小胜儿没有说话，下炕给小金子做饭。现在天快黑了，她手里劈着干柳树枝，眼望着火，火在她脸上身上闪照，光亮发红。她好像看见杨主任的血，看见小金子苍白的脸，看见他的脸慢慢变得又胖又红润了。她小心地把饭做熟，早早地把大门上好，就爬到洞口去拉暗铃。一种微小的柔软的声音，在地下响了。不久，小金子就钻了出来。

这一顿饭，小金子吃得很多，两碗挂面四个鸡蛋全吃了，还有点不足心的样子。吃完了饭，一抹嘴说：

"有什么吃什么就行了，干什么又花钱？"

"哪里来的钱呀，孩子，是你妹子把陪送袄卖了，给你养病哩！你可别忘了你妹子！"小胜儿的娘在被窝里说。

"我们这是优待八路军，用不着谢，也用不着报答！"小胜儿低着头笑了笑，收拾了碗筷。

小金子躺在炕上。小胜儿用棉被把窗子堵了个严又严把屋门也上了。她点起一个小油灯，放在墙壁上凿好的一个小洞里，面对着墙做起针线来，不住地尖着耳朵听外面的风声。

在冀中平原，有多少妇女孩子在担惊，在田野里听着枪声过夜！她回过头来说：

"我们这还算享福哩，坐在自己家里的炕上——怎么你们睡着了？"

"大娘睡着了，我没睡着。"小金子说，"今天吃得多些，精神也好些，白天在洞里又睡了一会儿，现在怎么也睡不着了。你做什么哩？"

"做我的鞋，"小胜儿低着头说，"整天东逃西跑，鞋也要多费几双。今年军队上的活儿，做得倒少了。"

"像我整天钻洞，不穿鞋也可以！"小金子说。听着他的声音，小胜儿的鼻子也酸了，她说：

"你受了伤，又有病，这说不上。好好养些日子，等腿上有了力气，能走长路了，就过铁道找队伍去。做上了我的，就该给你铰底子做鞋了！"

小胜儿放下活计，转过身来，她的眼睛在黑影里放光。在这样的夜晚，敌人正在附近村庄放火，在田野、村庄、树林、草垛里搜捕、杀害冀中的人民……

一九五〇年一月十九日

第二辑·叙

只有寒冷的人，才贪馋地，追求一些温暖，知道别人的冷的感觉；只有病弱不幸的人，才贪馋地拼着这个生命去追求健康、幸福……只有从幼小在冷淡里长成的人，他才爬上树梢吹起口琴，只有感到重压的人，他才忍着咳嗽伏在沙滩上；用着力量肩扛起木干……

——《邢兰》

太阳照着前面一片盛开的鲜红的桃树林。

——《游击区生活一星期》

识 字 班

　　鲜姜台的识字班开学了。

　　鲜姜台是个小村子，三姓，十几家人家，差不多都是佃户，原本是个"庄子"。

　　房子在北山坡下盖起来，高低不平的。村前是条小河，水长年地流着。河那边是一带东西高山，正午前后，太阳总是像在那山头上，自东向西地滚动着。

　　冬天到来了。

　　一个机关住在这村里，住得很好，分不出你我来啦。过阳历年，机关杀了头猪，请村里的男人坐席，吃了一顿，又叫小鬼们端着菜，托着饼，挨门挨户送给女人和小孩子去吃。

　　而村里呢，买了一只山羊，送到机关的厨房。到旧历腊八日，村里又送了一大筐红枣，给他们熬腊八粥。

　　鲜姜台的小孩子们，从过了新年，就都学会了唱《卖梨膏糖》，是跟着机关里那个红红的圆圆脸的女同志学会的。

他们放着山羊，在雪地里，或是在山坡上，喊叫着：

> 鲜姜台老乡吃了我的梨膏糖呵，
> 五谷丰登打满场，
> 黑枣长得肥又大呵，
> 红枣打得晒满房呵。
>
> 自卫队员吃了我的梨膏糖呵，
> 帮助军队去打仗，
> 自己打仗保家乡呵，
> 日本人不敢再来烧房呵。
>
> 妇救会员吃了我的梨膏糖呵，
> 大鞋做得硬邦邦，
> 当兵的穿了去打仗呵，
> 赶走日本回东洋呵。

而唱到下面一节的时候，就更得意扬扬了。如果是在放着羊，总是把鞭子高高举起：

> 儿童团员吃了我的梨膏糖呵，
> 拿起红缨枪去站岗，

捉住汉奸往村里送呵，

他要逃跑就给他一枪呵。

接着是"嘚嘚呛"，又接着是向身边的一只山羊一鞭打去，那头倒霉的羊便咩的一声跑开了。

大家住在一起，住在一个院里，什么也谈，过去的事，现在的事，以至未来的事。吃饭的时候，小孩子们总是拿着块红薯，走进同志们的房子："你们吃吧！"

同志们也就接过来，再给他些干饭，站在院里观望的妈妈也就笑了。

"这孩子几岁了？"

"七岁了呢。"

"认识字吧？"

"哪里去识字呢！"

接着，边区又在提倡着冬学运动，鲜姜台也就为这件事忙起来。自卫队的班长、妇救会的班长、儿童团的班长，都忙起来了。

怎么都是班长呢？有的读者要问啦！那是因为这是个小村庄，是一个"编村"，所以都叫班。

打扫了一间房子，找了一块黑板——那是临时把一块箱盖涂上烟子的，又找了几支粉笔，订了个功课表；识字、讲报、唱歌。

全村的人都参加了学习。

分成了两个班：自卫队—青抗先—班，这算第一班；妇女—儿童团—班，这算第二班。

每天吃过午饭,要是轮到第二班上课了,那位长脚板的班长,便挨户去告诉了:

"大青他妈,吃了饭上学去呵!"

"等我刷了碗吧!"

"不要去晚了。"

当机关的"先生"同志走到屋里,人们就都坐在那里了。小孩子闹得很厉害,总是咧着嘴笑。有一回一个小孩子小声说:

"三槐,你奶奶那么老了,还来干什么呢?"

这叫那老太太听见了,便大声喊起来,第一句是:"你们小王八羔子!"第二句是:"人老心不老!"

还是"先生"调停了事。

第二班的"先生",原先是由女同志来担任,可是有一回,一个女同志病了,叫一个男"先生"去代课,一进门,女人们便叫起来:

"呵!不行!我们不叫他上!"

有的便立起来掉过脸去,有的便要走出去,差一点没散了台。还是儿童团的班长说话了:

"有什么关系呢?你们这些顽固!"

虽然还是报复了几声"王八羔子",可也终于听下去了。

这一回,弄得这个男"先生"也不好意思,他整整两点钟,把身子退到墙角去,说话小心翼翼地。

等到下课的时候,小孩子都是兴头很高的,互相问:

"你学会了几个字?"

"五个。"

可有一天，有两个女人这样谈论着：

"念什么书呢？快过年了，孩子们还没新鞋。"

"念老鼠！我心里总惦记着孩子会睡醒！"

"坐在板凳上，不舒服，不如坐在家里的炕上！"

"明天，我们带鞋底子去吧，偷着纳两针。"

第二天，"先生"果然看见有一个女人，坐在角落里偷偷地做活计。"先生"指了出来，大家哄堂大笑，那女人红了脸。

其实，这都是头几天的事。后来这些女人们都变样了，一轮到她们上学，她们总是提前把饭做好，赶紧吃完，刷了锅，把孩子一把送到丈夫手里说：

"你看着他，我去上学了！"

并且有的着了急，她们想：什么时候，才能自己看报呵！

对不起鲜姜台的自卫队、青抗先同志们，这里很少提到他们。可是，在这里，我向你们报告吧，他们进步是顶快的，因为他们都觉到了这两点：

第一，要不是这个年头，我们能念书？别做梦了！活了半辈子，谁认得一个大字呢！

第二，只有这年头，念书、认字，才重要，查个路条、看个公事、看个报，不认字，不只是别扭，有时还会误事呢！

觉到了这两点，他们用不着人督促，学习便很努力了。

末了，我向读者报告一个"场面"作为结尾吧。

晚上，房子里并没有点灯，只有火盆里的火，闪着光亮。

鲜姜台的妇女班长，和她的丈夫、儿子们坐在炕上，围着火盆。她丈夫是自卫队，大儿子是青抗先，小孩子还小，正躺在妈妈怀里吃奶。

这个女班长开腔了：

"你们第一班，今天上的什么课？"

"讲报说是日本又换了……"自卫队的父亲记不起来了。

妻子想笑话他，然而儿子接下去：

"换一个内阁！"

"当爹的还不如儿子，不害羞！"当妻的终于笑了。

当丈夫的有些不服气，紧接着：

"你说日本又想换什么花样？"

这个问题，不但叫当妻的一怔，就是和爹在一班的孩子也怔了。他虽然和爹是一班，应该站在一条战线上，可是他不同意他爹拿这个难题来故意难别人，他说：

"什么时候讲过这个呢？这个不是说明天才讲吗？"

当爹的便没话说了，可是当妻子的并没有示弱，她说：

"不用看还没讲，可是，我知道这个。不管日本换什么花样，只要我们有那三个坚持，它换什么花样，也不要紧，我们总能打胜它！"

接着，她又转向丈夫，笑着问：

"又得问住你；你说三个坚持，是坚持些什么？"

这回丈夫只说出了一个，那是"坚持抗战"。

儿子又添了一个，是"坚持团结"。

最后，还是丈夫的妻、儿子的娘，这位女班长告诉了他们这全的："坚持抗战，坚持团结，坚持进步。"

当盆里的火要熄下去，而外面又飘起雪来的时候，儿子提议父、母、子三个人合唱了一个新学会的歌，便铺上炕睡觉了。

躺在妈妈怀里的小孩子，不知什么时候撒了一大泡尿，已经湿透妈妈的棉裤。

一九四〇年一月十九日于阜平鲜姜台

女人们

红棉袄

风把山坡上的荒草,吹得俯到地面上,砂石上。云并不厚,可沉重得怕人,树叶子为昨夜初霜的侵凌焦枯了,正一片片地坠落。

我同小鬼顾林从滚龙沟的大山顶上爬下来。在强登那峭峻的山顶时,身上发了暖,但一到山顶,被逆风一吹,就觉得难以支持了。顾林在我眼前,连打了三个寒噤。

我拉他赶紧走下来,在那容易迷失的牧羊人的路上一步一步走下,在乱石中开拔着脚步。顾林害了两个月的疟疾,现在刚休养得有了些力气,我送他回原部队。我们还都穿着单军服,谁知一两天天气便变得这样剧烈。

虽说有病，这孩子是很矜持的。十五岁的一个人，已经有从吉林到边区这一段长的而大半是一个人流浪的旅程。在故乡的草原里拉走了两匹敌人放牧的马，偷偷卖掉了，跑到天津，做了一家制皮工厂的学徒。事变了，他投到冀中区的游击队里……

"身子一弱就到了这样！"

像是怨恨自己。我从那发白的而又有些颤抖的薄嘴唇，便觉得他这久病的身子是不能支持了。我希望到一个村庄，在那里休息一下，暖暖身子。

风还是吹着，云，凌人地往下垂。我想要下雨了，下的一定是雪片吧？天突然暗了。

远远地在前面的高坡上出现一片白色的墙壁，我尽可能地加快脚步，顾林也勉强着。这时，远处山坡上，已经有牧羊人的吆喝声，我知道天气该不早了，应是拦羊下山入圈的时分。

爬上那个小山庄的高坡，白墙壁上的一个小方窗，就透出了灯火。我叫顾林坐在门前一块方石上休息，自己上前打门。门很快地开了，一个姑娘走了出来。

我对她说明来意，问她这里有没村长，她用很流利的地方话回答说，这只是一个小庄子，总共三家人家，过往的军队有事都是找她家的，因为她的哥哥是自卫队的一个班长。随着她就踌躇了。今天家里只有她一个人，妈妈去外婆家了，哥哥还没回来。

她转眼望一望顾林，对我说：

"他病得很重吗？"

我说："是。"

她把我们让到她家里，一盏高座的油灯放在窗台上，浮在黑色油脂里的灯芯，挑着一个不停跳动的灯花，有时碎细地爆炸着。

姑娘有十六岁，穿着一件红色的棉袄，头发梳得很平，动作很敏捷，和人说话的时候，眼睛便盯住人。我想，屋里要没有那灯光和灶下的柴火的光，她机灵的两只大眼也会把这间屋子照亮的吧？她挽起两只袖子，正在烧她一个人的晚饭。

我一时觉得我们休息在这里，有些不适当。但顾林躺在那只铺一张破席子的炕上了，显然他已是筋疲力尽。我摸摸他的额，又热到灼手的程度。

"你的病不会又犯了吧？"

顾林没有说话，我只听到他牙齿的"得得"声，他又发起冷来。我有些发慌，我们没有一件盖的东西。炕的一角好像是有一条棉被，我问那正在低头烧火的姑娘，是不是可以拿来盖一下。姑娘抬着头没听完我的话，便跳起来，爬到炕上，把它拉过来替顾林盖上去。一边嘴里说，她家里是有两条被的，哥哥今天背一条出操去了。把被紧紧地盖住了顾林蜷伏的身体，她才跳下来，临离开，把手按按顾林的头，对我蹙着眉说：

"一定是打摆子①！"

她回去吹那因为潮湿而熄灭的木柴了，我坐在顾林的身边，从门口向外望着那昏暗的天。我听到风还在刮，隔壁有一头驴子在叫。我想起明天顾林是不是能走，有些愁闷起来。

姑娘对我慢慢地讲起话来。灶膛里的火旺了，火光照得她的脸发红，那件深红的棉袄，便像蔓延着火焰一样。

她对我讲，今年打摆子的人很多。她问我顾林的病用什么法子治过。她说有一个好方法，用白纸剪一个打秋千的小人形，晚上睡觉，放在身下，第二天用黄表纸卷起来，向东南走出三十六步，用火焚化，便好了。她小时便害过这样的病，是用这个方法治好的，说完便笑起来："这是不是迷信呢？"

夜晚静得很，顾林有时发出呻吟声，身体越缩拢越小起来。我知道他冷。我摸摸那条棉被，不止破烂，简直像纸一样单薄。我已经恢复了温暖，就脱下我的军服的上身，只留下里面一件衬衫，把军服盖在顾林的头上。

这时，锅里的饭已经煮好。姑娘盛了一碗米汤放在炕沿上，她看见我把军服盖上去，就沉吟着说：

"那不抵事。"她又机灵地盯视着我。我只是对她干笑了一下，表示：这不抵事，怎样办呢？我看见她右手触着自己棉袄的偏在左边的纽扣，最下的一个，已经应手而开了。她后退了一步，对我说：

①打摆子：疟疾的俗称。

"盖上我这件棉袄好不好?"

没等我答话,她便转过身去断然地脱了下来。我看见她的脸飞红了一下,但马上平复了。她把棉袄递给我,自己退到角落里把内衣整理了一下,便又坐到灶前去了,末了还笑着讲:

"我也是今天早上才穿上的。"

她身上只留下一件绉褶的花条布的小衫。对这个举动,我来不及惊异,我只是把那满留着姑娘的体温的棉袄替顾林盖上;我只是觉得身边这女人的动作,是幼年自己病倒了时,服侍自己的妈妈和姐姐有过的。

我凝视着那暗红的棉袄。姑娘凝视着那灶膛里一熄一燃的余烬。一时,她又讲话了。她问我从哪里来,走过哪些地方,哪里的妇女自卫队好。又问我,什么时候妇女自卫队再来一次检阅。一会我才知道,去年,平山县妇女自卫队检阅的时候,打靶,她是第三名!

瓜的故事

马金霞又坐在那看瓜园的窝棚里了。已经吃过了晌午饭,肚子饱饱的,从家里跑来的满身汗,一到这里就干了,凉快得很呐。窝棚用四根杨树干支起来,上面搭上席子,中间铺上木板,一头像梯子一样横上木棍,踏着上去,像坐在篷子车里。

好凉快呀。马金霞把两只胳膊左右伸开一下,风便吹到了袖子里、怀里。窝棚前后是二亩地的甜瓜和西瓜,爹租来种的。甜瓜一律是"蛤蟆酥"和"谢花甜"种,一阵阵的香味送过来。西瓜像大肚子女人,一天比一天笨地休养在长满嫩草的地上。那边是一个用来从河里打水浇地的架子,"斗子"悬空着。

一带沙滩,是通南北的大道,河从中间转弯流过。

村边上,那个斜眼的铁匠的老婆,又爬上她那蔓延在一棵大柳树上的葡萄架了。从马金霞这里也会看见那已经发紫的累累的葡萄。马金霞给这个铁匠老婆起了一个外号,一看见她便叫起来:"馋懒斜!"是因为这个老婆顶馋(不住嘴地偷吃东西)、顶懒(连丈夫打铁的风箱也不高兴去拉)、顶斜的(眼也斜,脾气性情也斜)。

那女人从葡萄架上探过身子来,用手护着嘴像传声筒喊:"金霞又卖俏哩吗?看过路的哪个脸子白,招来做驸马吧!"

"放屁,放屁,放屁!"马金霞回骂着。

"你看你不是坐在八人抬的大轿里了吗?要做新媳妇了呢!"斜眼女人扭着嗓子怪叫。

马金霞便不理睬她了。理她干吗呢?狗嘴里吐不出象牙来,满嘴喷粪。

水冲着石子,哗啦啦地响着。

马金霞把鞋脱掉了,放在一边。把右腿的裤脚挽到了膝盖上面,拿过一团麻,理了一理,在右腿上搓起麻绳来,随口唱一支新鲜小曲儿:

小亲亲,
我不要你的金,
小亲亲,
我不要你的银,
只要(你那)抗日积极的一片心!

一架担架过来了,四个人抬着急走,后面跟着两个人挥着汗。马金霞停止了唱。

"住下,住下。"后面一个人望了一望瓜园嚷着。

"什么事?这里晒得很哩!"抬的人问着,脚也没停,头也没回。

"王同志不是说要吃瓜吗?这里又有甜瓜又有西瓜,住下,住下……"

担架住下了。在一床白布罩子下面,露出了一个脸。黄黄的,好大的眼睛啊。头歪到了瓜园这边,像找寻着什么,微笑了。一个民兵跑上来喊:

"下来,小姑娘,买瓜。"

马金霞赤着脚下来了,快得像一只猴子。两步并作一步,跑到伤兵的面前,望了望那大眼睛,又看见那白布罩角上的一片血迹,就咳呀了一声。

她带那个人去挑选瓜了,告诉他还是给同志一个西瓜吃罢。受了伤吃甜瓜不好,肚子痛还不要吃甜瓜呢。那个人以为这女孩子要做"大宗买卖",也便没说话。马金霞在瓜园里践踏着，用手指一个个地去弹打着瓜皮，细听着声响。然后她问：

"是百团大战受的伤吗？"

"是，真是英雄呢。"那个人赞叹着，"可是你会挑选瓜吗？"

"你瞧着吧。"

马金霞想起在西北角上那个血瓤的西瓜了，那是她前天就看准的，她把它摘下来，亲手抱过去。

抬担架的小伙子们还不相信，就地把那瓜用一把小刀剖开来。

瓜瓤是血红的、美丽的，使人想起那白布罩上的光荣的战士的血迹了。几个小伙子夸奖着，问价钱。

"送给同志们吃的，不是卖的。"

虽然那战士也用微弱的声音诉说着这不好，但马金霞跑上窝棚了。她对那远远的葡萄架上的女人喊：

"馋懒斜，把你的葡萄送些来，有位受伤的同志呢！"

可是斜眼女人问了：

"买几毛钱的呀？"

有什么意味呀！马金霞气恼了。总是"几毛钱"。她常见斜眼女人烦絮地和来买葡萄的同志们要着大价钱，赚了钱来往自己坏嘴里填，吃饱了和不三不四的坏男人嚼舌头，有什么意味呀！

子弟兵之

家从前,村里的人称呼她"三太家的",现在,妇女自卫队分队长找上她的门子是喊:

"李小翠同志!"

丈夫是子弟兵。临入伍那天,大会上,小翠去送他;临走,三太用眼招呼她。小翠把手一扬:

"去你的吧!"

两个人都笑了。李小翠便一边耍逗着怀里的孩子,一边想着心思,回家了。

在边区,时光过得快。打了一个百团大胜仗,选举了区代表、县议员、参议员,打走鬼子的捣乱……就要过年了。

天明便是大年初一了。

天还没亮,鸡只叫了两遍,"申星"还很高呢。

孩子闹起来,小手抓着小翠的胸脯,小脚蹬着肚子。

"他妈的!"小翠一边骂着,一边点起灯来。

窗纸上糊着用彩色纸剪成的小人们,闪耀着……

小纸人是西头叫小兰的那女孩子剪的。那孩子昨天早晨捧着这些小人们跑来,红着脸对小翠说:

"小翠婶婶,我剪了两个戏剧,一个捉汉奸,一个打鬼子,送给你贴在窗子上。"

"呀,你费了半天工夫,拿去叫你娘贴吧!"小翠客气着。

"为的是,"小兰睁大眼睛,"我家三太叔上前线了。"

小兰还怕她贴错，帮她贴好才走。

小翠给孩子穿衣裳，打开一个小匣子，拿出一顶用红布和黄布做成的小孩帽，是个老虎头的样子，用黑布贴成眼，用白布剪成虎牙。

孩子一戴上新帽子，觉着舒服，便在小翠的腿上跳起来。小翠骂：

"小家子气！"

小翠又想起心思来了。前年死了一个孩子，没戴过新帽子。这个孩子三岁了，这还是头一顶。虽说裤子还破着，可是今年过年没有别的花销，村里优待了一小笆箩白面、五斤猪肉、三棵白菜，便也乐开了。她把孩子举起来，叫孩子望着她的放光的大眼，她唱着自己编的哄孩子的曲儿：

孩子长大，
要像爹一样
上战场……

孩子便"马，马"叫起来。小翠叫孩子骑在自己脖子上，接着：

骑大马，
背洋枪！

唱到这里，小翠又想起心思来了：谁知道他骑上马没有呢？三太那大个子大嘴大眼睛便显在她眼前对她笑了。她喃喃地好像对孩子说又好像对三太说：

"你呀！多打好仗呀！就骑大马呀！"

风吹窗纸动起来，小人们动起来了。她愿意风把这话吹送到三太的耳鼓里去……

一九四一年于平山

邢 兰

我这里要记下这个人,叫邢兰的。

他在鲜姜台居住,家里就只三口人:他,老婆,一个女孩子。

这个人,确实是三十二岁,三月里生日,属小龙(蛇)。可是,假如你乍看他,你就猜不着他究竟多大年岁,你可以说他四十岁,或是四十五岁。因为他那黄蒿叶颜色的脸上,还铺着皱纹,说话不断气喘,像有多年的痨症。眼睛也没有神,干涩的。但你也可以说他不到二十岁。因为他身长不到五尺,脸上没有胡髭,手脚举动活像一个孩子,好眯着眼笑、跳、大声唱歌……

去年冬天,我随了一个机关住在鲜姜台。我的工作是刻蜡纸,油印东西。我住着一个高坡上一间向西开门的房子。这房子房基很高,那简直是在一个小山顶上。看西面,一带山峰,一湾河滩,白杨,枣林。下午,太阳慢慢地垂下去……

其实,刚住下来,我是没心情去看太阳的,那几天正冷得怪。雪,还没有融化,整天阴霾着的天,刮西北风。我躲在屋里,把门紧紧闭住,风还是找地方吹进来,从门上面的空隙,从窗子的漏洞,从椽子的缝口。我堵一堵这里,糊一糊那里,简直手忙脚乱。

结果,这是没办法的。我一坐下来,刻不上两行字,手便冻得红肿僵硬了。脚更是受不了。正对我后脑勺,一个鼠洞,冷森森的风从那里吹着我的脖颈。起初,我满以为是有人和我开玩笑,吹着冷气;后来我才看出是一个山鼠出入的小洞洞。

我走出转进,缩着头没办法。这时,邢兰推门进来了。我以为他是这村里的一个普通老乡,来这里转转。我就请他坐坐,不过,我紧接着说:

"冷得怪呢,这房子!"

"是,同志,这房子在坡上,门又冲着西,风从山上滚下来,是很硬的。这房子,在过去没住过人,只是盛些家具。"

这个人说话很慢,没平常老乡那些啰嗦,但有些气喘,脸上表情很淡,简直看不出来。

"唔,这是你的房子?"我觉得主人到了,就更应该招呼得亲热一些。

"是咱家的，不过没住过人，现在也是坚壁①着东西。"他说着就走到南墙边，用脚轻轻地在地下点着，地下便发出空洞的通通的声响。

"呵，埋着东西在下面？"我有这个经验，过去我当过那样的兵，在财主家的地上，用枪托顿着，一通通响，我便高兴起来，便要找铁铲了。——这当然，上面我也提过，是过去的勾当。现在，我听见这个人随便就对人讲他家藏着东西，并没有一丝猜疑、欺诈，便顺口问了上面那句话。他却回答说：

"对，藏着一缸枣子、一小缸谷、一包袱单夹衣服。"

他不把这对话拖延下去。他紧接着向我说，他知道我很冷，他想拿给我些柴火，他是来问问我想烧炕呢，还是想屋里烧起一把劈柴。他问我怕烟不怕烟，因为柴火湿。

我以为，这是老乡们过去的习惯，对军队住在这里以后的照例应酬，我便说：

"不要吧，老乡。现在柴很贵，过两天，我们也许生炭火。"

他好像没注意我这些话，只是问我是烧炕，还是烤手脚。当我说怎样都行的时候，他便开门出去了。

不多会，他便抱了五六块劈柴和一捆茅草进来，好像这些东西早已在那里准备好。他把劈柴放在屋子中央，茅草放在一个角落里，然后拿一把茅草做引子，蹲下生起火来。

---

①坚壁：藏着，放着。

我也蹲下去。

当劈柴燃烧起来，一股烟腾上去，被屋顶遮下来，布展开去。火光映在这个人的脸上，两只眯缝的眼，一个低平的鼻子，而鼻尖像一个花瓣翘上来，嘴唇薄薄的，又没有血色，老是紧闭着……

他向我说：

"我知道冷了是难受的。"

从此，我们便熟识起来。我每天做着工作，而他每天就拿些木柴茅草之类到房子里来替我生着，然后退出去。晚上，有时来帮我烧好炕，一同坐下来，谈谈闲话。

我觉得过意不去。我向他说：

"不要这样吧，老邢，柴火很贵，长此以往……"

他只是没表情地说：

"不要紧，烧吧。反正我还有，等到一点也没有，不用你说，我便也不送来了。"

有时，他拿些黄菜、干粮给我。但有时我让他吃我们一些米饭时，他总是赶紧离开。

起初我想，也许邢兰还过得去，景况不错吧。终于有一天，我坐到了他家中，见着他的老婆和女儿。女儿还小，被母亲抱在怀里，用袄襟裹着那双小腿。但不久，我偷眼看见，尿从那女人的衣襟下淋下来。接着邢兰嚷：

"尿了！"

女人赶紧把衣襟拿开，我才看见女孩子没有裤子穿……

邢兰还是没表情地说：

"穷的，孩子冬天也没有裤子穿。过去有个孩子，三岁了，没等到穿过裤子，便死掉了！"

从这一天，我才知道了邢兰的详细：从小就放牛，佃地种，干长工，直到现在，还只有西沟二亩坡地，满是沙块。小时放牛，吃不饱饭，而每天从早到晚在山坡上奔跑呼唤……直到现在，个子没长高，气喘咳嗽……

现在是春天，而鲜姜台一半以上的人吃着枣核和糠皮。

但是，我从没有看见或是听见他愁眉不展或是唉声叹气过，这个人积极地参加着抗日工作，我想不出别的字眼来形容邢兰对于抗日工作的热心，我按照这两个字的最高度的意义来形容它。

邢兰发动组织了村合作社，又在区合作社里摊了一股，发动组织了村里的代耕团和互助团。代耕团是替抗日军人家属耕种的；互助团全是村里的人，无论在种子上，农具上，牲口、人力上，大家互相帮助，完成今年的春耕。

而邢兰是两个团的团长。

看样子，你会觉得他不可能有什么作为的。但在一些事情上，他是出人意料地英勇地做了，这，不是表现了英勇，而是英勇地做了这件事。这英勇也不是天生的，反而看出来，他是克服了很多的困难，努力做到了这一点。

还是去年冬天，敌人"扫荡"这一带的时候。邢兰在一天夜里，赤着脚穿着单衫，爬过三条高山，探到平阳街口去。

敌人就住在那里。等他回来,鲜姜台的机关人民都退出去。他又帮我捆行李、找驴子、带路……

邢兰参与抗日工作是无条件的,而且在一些坏家伙看来,简直是有瘾。

近几天,鲜姜台附近有汉奸活动,夜间,电线常常被割断。邢兰自动地担任做侦察的工作。每天傍晚在地里做了一天,回家吃过晚饭,我便看见他斜披了一件破棉袍,嘴里哼着歌子,走下坡去。我问他一句:

"哪里去?"

他就眯眯眼:

"还是那件事……"

夜里,他顺着电线走着,有时伏在沙滩上,他好咳嗽,便用手掩住嘴……

天快明才回家来,但又是该下地的时候了。

更清楚地说,邢兰是这样一个人,当有什么事或是有什么工作派到这村里来,他并不是事先说话,或是表现自己,只是在别人不发表意见的时候,他表示了意见,在别人不高兴做一件工作的时候,他把这件工作担负起来。

按照他这样一个人,矮小、气弱、营养不良,有些工作实在是勉强做去的。

有一天,我看见他从坡下面一步一步挨上来,肩上扛着一条大树干,明显地他是那样吃力,但当我说要帮助他一下的时候,他却更挺直腰板,扛上去了。当他放下,转过身来,脸已经白得怕人。他告诉我，他要锯开来，给农具合作社做几架木犁。

还有一天，我瞧见他赤着背，在山坡下打坯，用那石杵，用力敲打着泥土。而那天只是二月初八。

如果能拿《水浒传》上一个名字来呼唤他，我愿意叫他"拼命三郎"。

从我认识了这个人，我便老是注意他。一个小个子，腰里像士兵一样系了一条皮带，嘴上有时候也含着一个文明样式的烟斗。而竟在一天，我发现这个家伙，是个"怪物"了。他爬上一棵高大的榆树修理枝丫，停下来，竟从怀里掏出一只耀眼的口琴吹奏了。他吹的调子不是西洋的东西，也不是中国流行的曲调，而是他吹熟了的自成的曲调，紧张而轻快，像夏天森林里的群鸟喧叫……

在晚上，我拿过他的口琴来看，是一个蝴蝶牌的，他说已经买了两年，但外面还很新。他爱好这东西，小心地藏在怀里，他说："花的钱不少呢，一块七毛。"

我粗略地记下这一些。关于这个人，我想永远不会忘记吧。

他曾对我说："我知道冷是难受……"这句话在我心里存在着。它只是一句平常话，但当它是从这样一个人的嘴里吐出来，它就在我心里引起了这种感觉：

只有寒冷的人，才贪馋地，追求一些温暖，知道别人的冷的感觉；只有病弱不幸的人，才贪馋地拼着这个生命去追求健康、幸福……只有从幼小在冷淡里长成的人,他才爬上树梢吹起口琴,只有感到重压的人,他才忍着咳嗽伏在沙滩上;用着力量肩扛起木干……

  记到这里,我才觉得用不着我再写下去。而他自己,那个矮小的个子,但藏在胸膛里有那么一颗煮滚一样的心,会续写下去的。

一九四〇年三月二十三日夜记

战 士

　　那年冬天，我住在一个叫石桥的小村子。村子前面有一条河，搭上了一个草桥。天气好的时候，从桥上走过，常看见有些村妇淘菜；有些军队上的小鬼，打破冰层捉小沙鱼，手冻得像胡萝卜，还是兴高采烈地喊着。

　　这个冬季，我有几次是通过这个小桥，到河对岸镇上，去买猪肉吃。掌柜是一个残疾军人，打伤了右臂和左腿。这铺子，是他几个残疾弟兄合股开的合作社。

　　第一次，我向他买了一个腰花和一块猪肝。他摆荡着左腿用左手给我切好了。一般的山里的猪肉是弄得粗糙的，猪很小就杀了，皮上还带着毛，涂上刺眼的颜色，煮的时候不放盐。当我称赞他的猪肉有味道和干净的时候，他透露聪明地笑着，两排洁白的牙齿，一个嘴角往上翘起来，肉也多给了我一些。

第二次，我去是一个雪天，我多烫了一小壶酒。这天，多了一个伙计：伤了胯骨，两条腿都软了。

三个人围着火谈起来。

伙计不爱说话。我们说起和他没有关系的话来，他就只是笑笑。有时也插进一两句，就像新开刃的刀子一样。谈到他们受伤，掌柜望着伙计说：

"先还是他把我背到担架上去，我们是一班，我是他的班长。那次追击敌人，我们拼命追，指导员喊，叫防御着身子，我们只是追，不肯放走一个敌人！"

"那样有意思的生活不会有了。"伙计说了一句，用力吹着火，火照进他的眼，眼珠好像浮在火里。掌柜还是笑着，对伙计说：

"又来了，"他转过头来对我，"他沉不住气哩，同志。那时，我倒下了，他把我往后背了几十步，又赶上去，被最后的一个敌人打穿了胯。他直到现在，还想再干干呢！"

伙计干脆地说：

"怨我们的医道不行么！"

"怎样？"我问他。

"不能换上一副胯骨吗，如能那样，我今天还在队伍里。难道我能剥一辈子猪吗？"

"小心你的眼！"掌柜停止了笑对伙计警戒着，使我吃了一惊。

"他整天焦躁不能上火线，眼睛已经有毛病了。"

我安慰他说，人民和国家记着他的功劳，打走敌人，我们有好日子过。

"什么好的生活比得上冲锋陷阵呢？"他沉默了。

第三次我去，正赶上他两个抬了一筐肉要去赶集，我已经是熟人了，掌柜的对伏在锅上的一个女人说：

"照顾这位同志吃吧。新出锅的，对不起，我不照应了。"

那个女人个子很矮，衣服上涂着油垢，正在肉皮上抹糖色。我坐在他们的炕上，炕头上睡着一个孩子，放着一个火盆。

女人多话，有些泼。她对我说，她是掌柜的老婆，掌柜的从一百里以外的家里把她接来，她有些抱怨，说他不中用，得她来帮忙。

我对她讲，她丈夫的伤，是天下最大的光荣记号，她应该好好帮他做事。

这都是一年前的事了。第四次我去，是今年冬季战斗结束以后。 天黄昏，我又去看他们，他们却搬走了，遇见一个村干部，他和我说起了那个伙计，他说：

"那才算个战士！反'扫荡'开始了，我们的队伍已经准备在附近作战，我派了人去抬他们，因为他们不能上山过岭。那个伙计不走，他对去抬他的民兵们说：你们不配合子弟兵作战吗？民兵们说：配合呀！他大声喊：好！那你们抬我到山头上去吧，我要指挥你们！民兵们都劝他，他说不能因为抬一个残废的人耽误几个有战斗力的，他对民兵们讲：你们不知道我吗？我可以指挥你们！我可以打枪，也可以扔手榴弹，我只是不会跑罢了。民兵们拗他不过，就真的带好一切武器，把他抬到敌人过路的山头上去。你看，结果就打了一个漂亮的伏击战。"

临别他说：

"你要找他们，到城南庄去吧，他们的肉铺比以前红火多了！"

一九四一年于平山

投　宿

　　春天，天晚了，我来到一个村庄，到一个熟人家去住宿。走进院里，看见北窗前那棵梨树，和东北墙角石台上几只瓦花盆里的迎春、番石榴、月季花的叶子越发新鲜了。

　　我正在院里张望，主人出来招呼我，还是那个宽脸庞、黑胡须、满脸红光、充满希望的老人。我向他说明来意，并且说：

　　"我还是住那间南房吧！"

　　"不要住它了，"老者笑着说，"那里已经堆放了家具和柴草，这一次，让你住间好房吧！"

　　他从腰间掏出了钥匙，开了西房的门。这间房我也熟悉，门框上的红对联"白玉种蓝田百年和好"，还看得清楚。

　　我问：

　　"媳妇呢，住娘家去了？"

　　"不，去学习了，我那孩子去年升了连长，家来一次，接了她出去。孩子们愿意向上，我是不好阻挡的。"老人大声地骄傲地说。

我向他恭喜。他照料着我安置好东西，问过我晚饭吃过没有。我告诉他一切用不着费心，他就告辞出去了。

我点着那留在桌子上的半截红蜡烛，屋子里更是耀眼。墙上的粉纸白得发光，两只红油箱叠放在一起，箱上装饰着年轻夫妇的热烈爱情的白蛇盗灵芝草的故事，墙上挂着麒麟送子的中堂和撒金的对联，红漆门橱上是高高的立镜，镜上遮着垂璎珞的蓝花布巾。

我躺在炕上吸着烟，让奔跑一整天的身体恢复精力。想到原是冬天的夜晚，两个爱慕的娇憨的少年人走进屋里来；第二年秋季，侵略者来了，少年的丈夫推开身边的一个走了，没有回顾。

二年前，我住在这里，也曾见过那个少妇。是年岁小的缘故还是生得矮小一些，但身体发育得很匀称，微微黑色的脸，低垂着眼睛。除去做饭或是洗衣服，她不常出来，对我尤其生疏，从跟前走过，脚步紧迈着，斜转着脸，用右手抚摩着那长长的柔软的头发。

那时候，虽是丈夫去打仗了，我看她对针线还是有兴趣的，有时候女孩子们来找她出去，她常常拿出一两件绣花的样子给她们看。

然而她现在出去了，扔下那些绣花布……她的生活该是怎样地变化着呢？

一九四一年

采蒲台的苇

我到了白洋淀，第一个印象，是水养活了苇草，人们依靠苇生活。这里到处是苇，人和苇结合得那么紧。人好像寄生在苇里的鸟儿，整天不停地在苇里穿来穿去。

我渐渐知道，苇也因为性质的软硬、坚固和脆弱，各有各的用途。其中，大白皮和大头栽因为色白、高大，多用来织小花边的炕席；正草因为有骨性，则多用来铺房、填房碱；白毛子只有漂亮的外形，却只能当柴烧；假皮织篮捉鱼用。

我来得早，淀里的凌还没有完全融化。苇子的根还埋在冰冷的泥里，看不见人苇形成的海。我走在淀边上，想象假如是五月，那会是苇的世界。

在村里是一垛垛打下来的苇，它们柔顺地在妇女们的手里翻动。远处的炮声还不断传来，人民的创伤并没有完全平复。关于苇塘，就不只是一种风景，它充满火药的气息，和无数英雄的血液的记忆。如果单纯是苇，如果单纯是好看，那就不成为冀中的名胜。

这里的英雄事迹很多，不能一一记述。每一片苇塘，都有英雄的传说。敌人的炮火，曾经摧残它们，它们无数次被火烧光，人民的血液保持了它们的清白。

最好的苇出在采蒲台。一次，在采蒲台，十几个干部和全村男女被敌人包围。那是冬天，人们被围在冰上，面对着等待收割的大苇塘。

敌人要搜。干部们有的带着枪，认为是最后战斗流血的时候到来了。妇女们却偷偷地把怀里的孩子递过去，告诉他们把枪支插在孩子的裤裆里。搜查的时候，干部又顺手把孩子递给女人……十二个女人不约而同地这样做了。仇恨是一个，爱是一个，智慧是一个。

枪掩护过去了，闯过了一关。这时，一个四十多岁的人，从苇塘打苇回来，被敌人捉住。敌人问他："你是八路？""不是！""你村里有干部？""没有！"敌人砍断他半边脖子，又问："你的八路？"他歪着头，血流在胸膛上，说："不是！"

"你村的八路大大的！""没有！"

妇女们忍不住，她们一齐沙着嗓子喊："没有！没有！"

敌人杀死他，他倒在冰上。血冻结了，血是坚定的，死是刚强！

"没有！没有！"

这声音将永远响在苇塘附近，永远响在白洋淀人民的耳朵旁边，甚至应该一代代传给我们的子孙。永远记住这两句简短有力的话吧！

一九四七年三月

游击区生活一星期（节选）

平原景色

一九四四年三月里，我有机会到曲阳游击区走了一趟。在这以前，我对游击区的生活，虽然离得那么近，听见的也不少，但是许多想法还是主观的。例如对于"洞"，我的家乡冀中区是洞的发源地，我也写过关于洞的报告，但是到了曲阳，在入洞之前，我还打算把从繁峙带回来的六道木棍了也带进去，就是一个大笑话。经一事，长一智，这真是不会错的。

县委同志先给我大概介绍了一下游击区的情形，我觉得重要的是一些风俗人情方面的事，例如那时地里麦子很高了，他告诉我到那里去，不要这样说："啊，老乡，你的麦子长得很好啊！"因为"麦子"在那里是骂人的话。

他介绍给我六区农会的老李，这人有三十五岁以上，白净脸皮，像一个稳重的店铺掌柜，很热情，思想很周密，他把敞开的黑粗布破长袍揽在后面，和我谈话。我渐渐觉得他是一个区委负责同志，我们这几年是培养出许多这样优秀的人物来了。

我们走了一天一夜，第二天清晨到了六区边境，老李就说："你看看平原游击根据地的风景吧！"

好风景。

太阳照着前面一片盛开的鲜红的桃树林，四周围是没有边际的轻轻波动着就要挺出穗头的麦苗地。

从小麦的波浪上飘过桃花的香气，从每个街口走出牛拖着的犁车，四处是鞭哨。

这是几年不见的风光，它能够引起年幼时候强烈的感觉。爬上一个低低的土坡，老李说："看看炮楼吧！"

我心里一跳。对面有一个像火车站上的水塔，土黄色，圆圆的，上面有一个伞顶的东西。它建筑在一个大的树木森阴[①]的村庄边沿，在它下面就是出入村庄的大道。

老李又随手指给我，村庄的南面和东面不到二里地的地方，各有一个小一些的炮楼。老李笑着说：

"对面这一个在咱们六区是顶漂亮的炮楼，你仔细看看吧。这是敌人最早修的一个，那时咱们的工作还没搞好，叫

[①] 森阴：形容林木幽深茂密。

他捞到一些砖瓦。假如是现在,他只能自己打坯来盖。"

面前这一个炮楼,确是比远处那两个高大些,但那个怪样子,就像一个阔气的和尚坟,再看看周围的景色,心里想这算是个什么点缀哩!这是和自己心爱的美丽的孩子,突然在三岁的时候,生了一次天花一样,叫人一看见就难过的事。

但老李慢慢和我讲起炮楼里伪军和鬼子们的生活的事,我也就想到,虽然有这一块疮疤,人们抗毒的血液却是加多了。

我们从一条绕村的堤埝上走过,离那炮楼越来越近,渐渐看得见在那伞顶下面有一个荷枪的穿黑衣服的伪军,望着我们。老李还是在前面扬长地走着,当离远了的时候,他慢慢走,等我跟上说:

"他不敢打我们,他也不敢下来,咱们不准许他下来走动。"

接着他给我讲了一个笑话。

他说:"住在这个炮楼上的伪军,一天喝醉了酒,大家打赌,谁敢下去到村里走一趟。一个司务长就说,他敢去,并且约下,要到'维持会'拿一件东西回来作证明。这个司务长就下来了,别的伪军在炮楼上望着他。司务长仗着酒胆,走到村边。这村的维持会以前为了怕他们下来捣乱,还是迁就了他们一下,设在这个街头的。他进了维持会,办公的人们看见他就说:'司务长,少见,少见,里面坐吧。'司务长一句话也不说,迈步走到屋里,在桌子上拿起一支毛笔就往

外走。办公的人们在后面说：'坐一坐吧，忙什么哩？'司务长加快脚步就来到街上，办公的人们嬉笑着嚷道：'哪里跑！哪里跑！'

"这时从一个门洞里跳出一个游击组员，把手枪一扬，大喝一声：'站住！'照着他虚瞄一枪，砰的一声。

"可怜这位司务长没命地往回跑，裤子也掉下来了，回到炮楼上就得了一场大病，现在还没起床。"

我们又走了一段路，在村庄南面那个炮楼下面走过，那里面已经没有敌人。老李说，这是叫我们打走了的。在这个炮楼里面，去年还出过闹鬼的事。

老李说：

"你看前面，那里原来是一条沟，到底叫我们给它平了。那时候敌人要掘开村沟，气焰可凶哩！全村的男女老少都被抓去，昼夜不停地掘。有一天黄昏的时候，一个鬼子在沟里拉着一个年轻媳妇要强奸，把衣服全扯烂了。那年轻女人劈了那个鬼子一铁铲就往野地里跑，别的鬼子追她，把她逼得跳下一个大水车井。

"就在那天夜里，敌人上了炮楼，半夜，听见一种嗷嗷的声音，先是在炮楼下面叫，后来绕着炮楼叫。鬼子们看见在炮楼下面，有一个白色帐篷的东西，越长越高，眼看就长到与炮楼顶一般高了。鬼子是非常迷信的，也是做贼心虚，以为鬼来索命了。

"不久，那个逼着人强奸的鬼子就疯了，他哭着叫着，不敢在炮楼上住。他们的小队长在附近村庄请来一个捉妖的，在炮楼上摆香坛行法事，念咒捉妖。法师说：'你们造孽太大，受冤的人气焰太高，我也没办法。'再加上游击组每天夜里去袭击，他们就全搬到村头上的大炮楼上去住了。"

抗日村长

在路上有些耽误，那天深夜我们才到了目的地。

进了村子，到一个深胡同底叫开一家大门，开门的人说："啊！老李来了。今天消息不好，燕赵增加了三百个治安军。"

老李带我进了正房，屋里有很多人。老李就问情况。

情况是真的，还有清剿这个村子的风声，老李就叫人把我送到别的一个村子去，写了一封信给那村的村长。

深夜，我到了那个村子，在公事台①的灯光下，见到了那个抗日村长。他正在同一些干部商量事情，见我到了，几个没关系的人就走了。村长看过了我的介绍信，打发送我的人回去说：

"告诉老李，我负一切责任，让他放心好了。"

村长是个三十多岁的人，脸尖瘦，眼皮有些肿，穿着一件白洋布大衫，白鞋白腿带。那天夜里，我们谈了一些村里的事，我问他为什么叫抗日村长，是不是还有一个伪村长。

①公事台：村里支应敌人的地方，人们不愿叫维持会，现在流行叫公事台。——作者原注

他说没有了。关于村长这个工作，抗战以后，是我们新翻身上来的农民干部做的，可是当环境一变，敌伪成天来来往往，一些老实的农民就应付不了这局面了。所以有一个时期，就由一些在外面跑过的或是年老的办公的旧人来担任，那一个时期，有时是出过一些毛病的。渐渐地，才培养出这样的既能站稳立场，也能支应敌伪的新干部。但大家为了热诚的表示，虽然和敌人周旋，也是为抗日，习惯地就叫他们"抗日村长"。

抗日村长说，因为有这两个字加在头上，自己也就时时刻刻提醒自己的责任了。

不久，我就从他的言谈上、表情上看出他的任务的繁重和复杂。他告诉我，他穿孝的原因是半月前敌人在这里驻剿，杀死了他年老的父亲，他要把孝穿到抗日胜利。

从口袋里他掏出香烟叫我吸，说这是随时支应敌人的。在游击区，敌人勒索破坏，人们的负担已经很重，我们不忍再吃他们的喝他们的，但他们总是这样说：

"吃吧，同志，有他们吃的，还没有你们吃的！可你们吃了多少，给人家一口猪，你们连一个肘子也吃不了。"

我和抗日村长谈这种心理，他说这里面没有一丝虚伪，却有无限苦痛。他说："你见到过因为遭横祸而倾家败产的人家吗？对他的亲爱的孩子的吃穿，就是这样的，就是这个心理。敌占区人民对敌伪的负担，想象不到的大，敌伪吃的、穿的、花的都是村里供给；并且伪军还有家眷，就住在炮楼下,这些女人、孩子的花费,也是村里供给,连孩子们的尿布、女人的粉油都在内,我们就是他们的供给部。"

抗日村长苦笑了,他说:"前天敌人叫报告员来要猪肉、白菜、萝卜,我们给他们准备了,一到炮楼下面,游击小组就打了伏击,报告员只好倒提着空口袋到炮楼上去报告,他们又不敢下来,我们送不到有什么办法?"

抗日村长高声地笑了起来,他说:"回去叫咱们的队伍来活动活动吧,那时候就够他们兔崽子们受,我们是连水也不给他们担了。有一回他们连炮楼上的泔水都喝干了的。"

这时已快半夜,他说:"你去睡觉吧,老李有话,今天你得钻洞。"

洞

可以明白告诉敌人,我们是有洞的。从一九四二年五月一日冀中大"扫荡"以后,冀中区的人们常常在洞里生活。在起初,敌人嘲笑我们说,冀中人也钻洞了,认为是他们的战绩。但不久他们就收起笑容,因为冀中平原的人民并没有把钻洞当成退却,却是当作新的壕堑战斗起来,而且不到一年,又从洞里战斗出来了。

平原上有过三次惊天动地的工程,一次是拆城,二次是破路,三次是地道。局外人以为这只是本能的求生存的活动,是错误的。这里面有政治的精心积虑的设计,动员和创造。

这创造由共产党的号召发动，由人民完成。人民兴奋地从事这样巨大精细的工程，日新月异，使工程能充分发挥作战的效能。

这工程是八路军领导人民共同来制造，因为八路军是以这地方为战争的基地，以人民为战争的助手，生活和愿望是结为一体的，八路军不离开人民。

回忆在抗战开始，国民党军队也叫人民在大雨滂沱的夏天，掘过蜿蜒几百里的防御工事，人民不惜斩削已经发红的高粱来构筑作战的堡垒；但他们在打骂奴役人民之后，不放一枪退过黄河去了，气得人们只好在新的壕沟两旁撒撒晚熟的秋菜种子。

一经比较，人民的觉悟是深刻明亮的。因此在拆毁的城边，纵横的道沟里，地道的进口就流了敌人的血，使它污秽的肝脑涂在为复仇的努力创造的土地上。

言归正传吧，村长叫中队长派三个游击组员送我去睡觉，村长和中队长的联合命令是，一个站高哨，一个守洞口，一个陪我下洞。

于是我就携带自己的一切行囊到洞口去了。

这一次体验，才使我知道"地下工作的具体情形"，这是当我问到一个从家乡来的干部，他告诉我的话。我以前是把地下工作浪漫化了的。

他们叫我把棍子留在外间，在灯影里立刻有一个小方井的洞口出现在我的眼前。陪我下洞的同志手里端着一个大灯碗跳进去不见了。我也跟着跳进去，他在前面招呼我。但是我满眼漆黑，什么也看不见，也迷失了方向。我再也找不到往里面去的路，洞上面的人告诉我蹲下向北进横洞。我用脚探着了那横洞口，我蹲下去，我吃亏在个子大，用死力也折不到洞里去，急得浑身大汗；里面引路的人又不断催我，他说："同志，快点吧，这要有情况还了得！"我像一个病猪一样吭吭地想把头塞进洞口，也是枉然。最后才自己创造了一下，重新翻上洞口来，先使头着地，栽进去，用蛇行的姿势入了横洞。

这时洞上面的人全笑起来，但他们安慰我说，这是不熟练、没练习的缘故，钻十几次身子软和了就好了。

钻进了横洞，就看见带路人托引着灯，焦急地等我。我向他抱歉，他说："这样一个横洞你就进不来，里面的几个翻口你更没希望了，就在这里打铺睡吧！"

这时我才想起我的被物，全留在立洞的底上横洞的口上。他叫我照原姿势退回去，用脚尖把被子和包袱勾进来。

当我试探了半天才完成任务的时候，他笑了，说："同志，你看故人要卜米，我掌一支短枪在这里等他（他说着从腰里掏出手枪顶着我的头）有跑吗？"

我也滑稽地说："那就像胖老鼠进了细腰蛇的洞一样，只有跑到蛇肚子里的。"

这一夜，我就是这样过去了。第二天上面叫我们吃饭，出来一看，已经红日三竿了。

村　外

过了几天，因为每天钻，有时钻三次四次，我也到底能够进到洞的腹地了；虽然还是那样潮湿气闷，但比较起在横洞过夜的情景来，真可以说是别有洞天了。

和那个陪我下洞的游击组员也熟识了，那才是一个可亲爱的好青年、好农民、好同志。他叫三槐，才十九岁。

我就长期住在他家里，他有一个寡母，父亲也是敌人前年"扫荡"时被杀了的，游击区的人们，不知道有多少比例数的人负担着这种仇恨生活度日。他弟兄三个。大哥种地，有一个老婆，二哥干合作社，跑敌区做买卖，也有一个老婆，他看来已经是一个职业的游击组员，别的事干不了多少了，正在年轻，战争的事占了他全部的心思，也不想成亲。

我们俩就住在一条炕上，炕上一半地方堆着大的肥美的白菜。情况紧了，我们俩就入洞睡，甚至白天也不出来；情况缓和，就"守着洞口睡"。他不叫我出门，吃饭他端进来一同吃，他总是选择最甜的有锅巴的红山药叫我吃，他说："别出门，也别叫生人和小孩子们进来。实在闷的时候，我带你出去遛遛去。"

有一天，我实在闷了，他说等天黑吧，天黑咱们玩儿去。

等到天黑了，他叫我穿上他大哥的一件破棉袍，带我到村外去。那是大平原的村外，我们走在去菜园的小道上，在水车旁边谈笑，他割了些韭菜，说带回去吃饺子。

在洞里闷了几天,我看见旷野像看见了亲人似的,我愿意在松软的土地上多来回跑几趟,我愿意对着油绿的禾苗多呼吸几下,我愿意多看几眼正在飘飘飞落的雪白的李花。

他看见我这样,就说:"我们唱个歌吧,不怕。冲着燕赵的炮楼唱,不怕。"

但我望着那不到三里远的燕赵的炮楼在烟雾里的影子,没有唱。

守翻口

那天我们正吃早饭,听见外面一声乱,中队长就跑进来说,敌人到了村外。三槐把饭碗一抛,就抓起我的小包裹,他问:"还能跑出去吗?"这时村长跑进来说:"来不及了,快下洞!"

我先下,三槐殿后,当我爬进横洞,已经听见抛土填洞的声音,知道情形是很紧的了。

爬到洞的腹地的时候,已经有三个妇女和两个孩子坐在那里,她们是从别的路来的,过了一会儿,三槐进来了,三个妇女同时欢喜地说:

"可好了,三槐来了。"

从这时,我才知道三槐是个守洞作战的英雄。三槐告诉女人们不要怕,不要叫孩子们哭,叫我和他把枪支手榴弹带到第一个翻口去把守。

爬到那里,三槐叫我闪进一个偏洞,把手榴弹和子弹放在手边，他就按着一把雪亮的板斧和手枪伏在地下，他说：

"这时候，短枪和斧子最顶事。"

不久，不知道从什么方向传过来一种细细的嘤嘤的声音，他就说道：

"敌人已经过村东去了，游击组在后面开了枪，看样子不来了，可是你们不要出来。"

这声音不知道是从地下发出来，还是从地上面发出来，像小说里描写的神仙的指引一样，好像是从云端上来的，又像是一种无线电广播，但我又看不见收音机。

三槐告诉我："抽支烟吧，不要紧了，上回你没来，那可危险哩。

"半月前，敌人来清剿，这村住了一个营的治安军。这些家伙，成分很坏，全是汉奸汪精卫的人，和我们有仇，可凶狠哩。一清早就来了，里面还有内线哩，是我们村的一个坏家伙。敌人来了，人们正钻洞，他装着叫敌人追赶的样子，在这个洞口去钻钻，在那个洞口去钻钻，结果叫敌人发现了三个洞口。

"最后也发现了我们这个洞口，还是那个家伙带路，他又装着蒜，一边嚷道：'咳呀，敌人追我！'就往里面钻，我一枪就把他打回去了。

"他跑出去，就报告敌人说，里面有八路军，开枪了。不久，院子里就开来很多治安军，一个自称是连长的在洞口大声叫八路军同志答话。

"我就答话了：'有话你说吧，听着哩。'

"治安军连长说：'同志，请你们出来吧。'

"我说：'你进来吧，炮楼是你们的，洞是我们的。'

"治安军连长说：'我们已经发现洞口，等到像倒老鼠一样，把你们掘出来，那可不好看。'

"我说：'谁要不怕死，谁就掘吧。我们的手榴弹全拉出弦来等着哩。'

"治安军连长说：'喂，同志，你们是哪部分？'

"我说：'十七团。'"

这时候三槐就要和我说关于十七团的威望的事，我说我全知道，那是我们冀中的子弟兵，使敌人闻风丧胆的好兵团，是我们家乡的光荣子弟。三槐就又接着说：

"当时治安军连长说：'同志，我们是奉命令来的，没有结果也不好回去交代。这样好不好，你们交出几支枪来吧。'

"我说：'八路军不交枪，你们交给我们几支吧，回去就说叫我们打回去了，你们的长官就不怪罪你们了。'

"治安军连长说：'交几支破枪也行，两个手榴弹也行。'

"我说：'你胡说八道，死也不交枪，这是八路军的传统，我们不能破坏传统。'

"治安军连长说：'你不要出口伤人，你是什么干部？'

"我说：'我是指导员。'

"治安军连长说：'看你的政治，不信。'

"我说：'你爱信不信。'

"这一骂,那小子恼了,他命令人掘洞口,有十几把铁铲掘起来。我退了一个翻口,在第一个翻口上留了一个小西瓜大小的地雷,炸了兔崽子们一下,他们才不敢往里掘了。那个连长又回来说:'我看你们能跑到哪里去!我们不走。'

"我说:'咱们往南在行唐境里见,往北在定县境里见吧。'

"大概他们听了没有希望,天也黑了,就撤走了。

"那天,就像今天一样,有我一个堂哥给我做帮手,整整支持了一天工夫哩。敌人还这样引诱我:'你们八路军是爱护老百姓的,你们不出来,我们就要杀老百姓,烧老百姓的房子,你们忍心吗?'

"我能上这一个洋当?我说:'你们不是治安军吗?治安军就这样对待老百姓吗?你们忍心吗?'"

最后三槐说:"我们什么当也不能上,一上当就不知道要死多少人。那天钻在洞里的女人孩子有一百多个,听见敌人掘洞口,就全聚到这个地方来了,里面有我的母亲、婶子、大娘们,有嫂子、侄儿们,她们抖颤着对我讲:'三槐,好好把着洞口,不要叫鬼子进来,你嫂子、大娘和你的小侄儿们的命全交给你了。'

"我听到这话,眼里出了泪,我说:'你们回去坐着吧,他们进不来。'那时候我在心里说,只要有我在,他狗日的们进不来,就是我死了,他狗日的们还是进不来。我一点也不害怕。我说话的声音一点也不抖,那天嘴也灵活好使了。"

人民的生活情绪

有一天早晨，我醒来，天已不早了，对间三槐的母亲已经嗡嗡地纺起线来。这时进来一个少妇在洞口喊："彩绫，彩绫，出来吧，要去推碾子哩。"

她叫了半天，里面才答应了一声，通过那弯弯长长的洞，还是那样娇嫩的声音："来了。"接着从洞口露出一顶白毡帽，但下面是一张俊秀的少女的脸、花格条布的上衣；跳出来时，脚下却是一双男人的破棉鞋。她坐下，把破棉鞋拉下来，扔在一边，就露出浅蓝色的时样的鞋来，随手又把破毡帽也摘下来，抖一抖墨黑柔软的长头发，站起来，和她嫂子争辩着出去了。

她嫂子说："人家喊了这么半天，你聋了吗？"

她说："人家睡着了嘛。"

嫂子说："天早亮了，你在里面没听见晨鸡叫吗？"

她说："你叫还听不见，晨鸡叫就听见了？"姑嫂两个说笑着走远了。

我想，这就是游击区人民生活的情绪，这个少女是在生死攸关的时候也还顾到在头上罩上一个男人的毡帽，在脚上套上一双男人的棉鞋，来保持身体服装的整洁。

我见过当敌人来了，女人们惊惶的样子，她们像受惊的鸟儿一样向天空突飞。一天，三槐的二嫂子说："敌人来了能下洞就下洞，来不及就得飞跑出去，把吃奶的力量拿出来跑到地里去。"

我见过女人这样奔跑，那和任何的赛跑不同，在她们的心里可以叫前面的、后面的、四面八方的敌人的枪弹射死，但她们一定要一直跑出去，在敌人的包围以外，去找生存的天地。

当她们逃到远远的一个沙滩后面，或小丛林里，看着敌人过去了，于是倚在树上，用衣襟擦去脸上的汗、头发上的尘土，定定心，整理整理衣服，就又成群结队欢天喜地地说笑着回来了。

一到家里，大家像没有刚才那一场出生入死的奔跑一样，大家又生活得那样活泼愉快，充满希望，该拿针线的拿起针线来，织布的重新踏上机板，纺线的摇动起纺车。

而跑到地里去的男人们就顺便耕作，到中午才回家吃饭。

在他们，没有人谈论今天生活的得失，或是庆幸没死，他们是死就是死了，没死就是活着，活着就是要欢乐的。

假如要研究这种心理，就是他们看得很单纯，而且胜利的信心最坚定。因为接近敌人，他们更把胜利想得最近，知道我们不久就要反攻了，而反攻就是胜利，最好是在今天，在这一个月里，或者就在今年，扫除地面上的一切悲惨痛苦的痕迹，立刻就改变成一个欢乐的新天地。所以胜利在他们眼里距离最近，而那果实也最显明最大。也因为离敌人最近，眼看到有些地方被敌人剥夺埋葬了，但六七年来共产党和人民又从敌人手中夺回来，努力创造了新的生活，因而就更珍爱这个新的生活，对它的长成也就寄托更大的希望。对于共产党的每个号召，领导者的每张文告，也就坚信不疑、鼓舞兴奋地去工作着。

由胜利心理所鼓舞，他们的生活情绪，就是这样。每个人都是这样。村里有一个老泥水匠，每天研究掘洞的办法，他用罗盘、水平器，和他的技术、天才和热情来帮助各村改造洞。一个盲目①的从前是算卦的老人，编了许多"劝人方"，劝告大家坚持抗战。他有一首四字歌叫《十大件》，是说在游击区的做人道德的。有一首《地道歌》确像一篇"住洞须知"，真是家喻户晓。

最后那一天，我要告别走了，村长和中队长领了全村的男女干部到三槐家里给我送行。游击区老百姓对于抗日干部的热情是无法描写的，他们希望最好和你交成朋友、结为兄弟才满意。

仅仅一个星期，而我坦白地说，并没有能接触广大的实际，我有好几天住在洞里，很少出大门，谈话的也大半是干部。

但是我感触了上面记的那些，虽然很少、很简单，想来，仅仅是平原游击区人民生活的一次脉搏的跳动而已。

我感觉到了这脉搏，因此，当我钻在洞里的时间也好，坐在破炕上的时间也好，在菜园里夜晚散步的时间也好，我觉到在洞口外面，院外的街上，平铺的翠绿的田野里，有着

---

① 盲目：此处指眼睛失明。

伟大、尖锐、光耀、战争的震动和声音，昼夜不息。生活在这里是这样充实和有意义，生活的经线和纬线，是那样复杂、坚韧。生活由战争和大生产运动结合，生活由民主建设和战斗热情结合，生活像一匹由坚强意志和明朗的智慧织造着的布，光彩照人，而且已有七个整年的历史了。

并且在前进的时候，周围有不少内奸特务，受敌人、汉奸、独裁者的指挥，破坏人民创造出来的事业，乱放冷箭，使像给我们带路的村长感到所负责任的沉重和艰难了，这些事情更激发了人民的智慧和胆量。有人愿意充实生活，到他们那里去吧。

一九四四年于延安

第三辑·忆

我的青春,价值如何?是欢乐多,还是痛苦多?是安逸享受多,还是颠沛流离多?是虚度,还是有所作为?都不必去总结了。时代有总的结论,总的评价。个人是一滴水,如果滴落在江河,流向大海,大海是不会涸竭的。正像杨树虽有脱落的枝叶,它的本身是长存的。我祝愿它长存!

——《青春余梦》

山里有很多花,村头、河边、山顶都有花。
———《芸斋梦余》

我的自传

　　一九一三年我生于河北省安平县东辽城村，那是一个很偏僻的小村庄，幼年就在这里度过。十二岁，我跟随父亲在安国县城内上高级小学，住在一个亲戚家里。安国县离我的家乡有六十里路，这是一个以中草药聚散地而闻名全国的城市，相当繁华热闹。在这里，我开始接触了"五四"以后的文学作品，例如文学研究会的东西，其中有鲁迅、叶圣陶、许地山的小说。我开始阅读当时商务印书馆出版的各种杂志。

　　十四岁，我考入保定育德中学，在北方，这是一个相当有名的私立中学，它以办过勤工俭学的留法准备班，培训了不少人才著名。在初中读书期间，我开始在校刊《育德月刊》上发表作品，其中有短篇小说和独幕剧。在高中时，我阅读了当时正在流行的社会科学和苏联十月革命以后的文学作品，主要是鲁迅和曹靖华翻译的文学作品。这一时期,我对文艺理论发生了兴趣,读了不少这方面的著作,并开始写作这方面的文章。

高中毕业后,我无力升学,父亲供我上中学,原是希望我毕业后考邮政局,结果未得如愿。我在北平流浪着,在图书馆读书或在大学听讲,继续投稿,但很少被选用。为了生活,我先后在市政机关和小学校当过职员。

一九三六年的暑假后,我到安新县同口镇的小学校教书,当六年级级任和国文教员。在这个学校,我从上海邮购革命的文艺书刊,继续进修,并初步了解了白洋淀一带人民群众的生活。

一九三七年冬季,我参加了抗日工作。在冀中区,我编了一本革命诗人的诗抄叫做《海燕之歌》,在那样困难的条件下,铅印出版。在《红星》杂志上,我发表了长篇论文《现实主义文学论》。在《冀中导报》的副刊上,发表《鲁迅论》。一九三八年秋季,我在冀中军区办的抗战学院当教官,教《抗战文艺》和《中国近代革命史》。

一九三九年我调到晋察冀边区所在地——阜平,在刚刚成立的晋察冀通讯社工作,在那里,我编写了一本供通讯员阅读的小册子《论通讯员及通讯写作诸问题》,铅印出版。我做通讯指导工作,并编辑油印刊物《文艺通讯》,它是晋察冀最早的文艺刊物之一,在上面,我发表了《一天的工作》和《识字班》等作品。

此后，我在晋察冀文联、晋察冀日报社、华北联大，做过编辑和教学工作，同时进行文学创作。

一九四一年，我曾回冀中区一次，在那里，我帮助编辑了《冀中一日》，并以编辑心得写成了《区村和连队的文学写作课本》，即后来的《文艺学习》。

一九四四年，我去延安，在鲁迅艺术文学院工作和学习。在延安，我发表了《荷花淀》《芦花荡》《麦收》等作品。

一九四五年，日本投降，我回到冀中，下乡从事写作，参加土地改革工作，我写了《钟》《碑》《嘱咐》等短篇小说和一些散文。

一九四九年进天津，在天津日报社工作。在这里，我写了《风云初记》和《村歌》等作品。

一九五六年，我身体开始不好，写作就少了。

我的作品有：小说散文集《白洋淀纪事》，散文集《津门小集》，诗集《白洋淀之曲》，长篇小说《风云初记》，中篇小说《铁木前传》，论文《文学短论》《文艺学习》，选集《村歌》，儿童读物《少年鲁迅读本》《鲁迅、鲁迅的故事》等。

一九七八年八月二十三日于天津

童年漫忆

听 说 书

我的故乡的原始住户,据说是山西的移民,我幼小的时候,曾在去过的山西的人家,见过那个移民旧址的照片,上面有一株老槐树,这就是我们祖先最早的住处。

我的家乡离山西省是很远的,但在我们那一条街上,就有好几户人家,以常年去山西做小生意,维持一家人的生活,而且一直传下好几辈。他们多是挑货郎担儿,春节也不回家,因为那正是生意兴隆的季节。他们回到家来,我记得常常是在夏秋忙季。他们到家以后,就到地里干活,总是叫他们的女人,挨户送一些小玩意儿或是蚕豆给孩子们,所以我的印象很深。

其中有一个人,我叫他德胜大伯,那时他有四十岁上下。每年回来,如果是夏秋之间农活稍闲的时候,我们一条街上的人,吃过晚饭,坐在碾盘旁边去乘凉。一家大梢门两旁,有两个柳木门墩,德胜大伯常常被人们推请坐在一个门墩上面,给人们讲说评书;另一个门墩上,照例是坐一位年纪大辈数高的人,和他对称。我记得他在这里讲过《七侠五义》等故事,他讲得真好,就像一个专业艺人一样。

他并不识字,这我是记得很清楚的。他常年在外,他家的大娘,因为身材高,我们都叫她"大个儿大妈"。她每天挎着一个大柳条篮子,敲着小铜锣卖烧饼馃子。德胜大伯回来,有时帮她记记账,他把高粱的茎秆,截成笔帽那么长,用绳穿结起来,横挂在炕头的墙壁上,这就叫"账码",谁赊多少谁还多少,他就站在炕上,用手推拨那些茎秆,很有些结绳而治的味道。

他对评书记得很清楚,讲得也很熟练,我想他也不是花钱到娱乐场所听来的。他在山西做生意,常年住在小旅店里,同住的人,干什么的都有,夜晚没事,也许就请会说评书的人,免费说两段,为常年旅行在外的人们消愁解闷,日子长了,他就记住了全部。

他可能也说过一些山西人的风俗习惯,因为我年岁小,对这些没兴趣,都忘记了。

德胜大伯在做小买卖途中,遇到瘟疫,死在外地的荒村小店里。他留下一个独生子叫铁锤。前几年，我回家乡，见到铁锤，一家人住在高爽的新房里，屋里陈设，在全村也是最讲究的。他心灵手巧，能做木工，并且能在玻璃片上画花鸟和山水，大受远近要结婚的青年农民的欢迎。他在公社担任会计，算法精通。

德胜大伯说的是评书，也叫"平话"，就是只凭演说，不加伴奏。在乡村，麦秋过后，还常有职业性的说书人，来到街头。其实，他们也多半是业余的，或是半职业性的。他们说唱完了以后，有的由经管人给他们敛些新打下的粮食；有的是自己兼做小买卖，比如卖针，在他说唱中间，由一个管事人，在妇女群中，给他卖完那一部分针就是了。这一种人，多是说快书，即不用弦子，只用鼓板。骑着一辆自行车，车后座做鼓架。他们不说整本，只说小段。卖完针，就又到别的村庄去了。

一年秋后，村里来了弟兄三个人，推着一车羊毛，说是会说书，兼有擀毡条的手艺。第一天晚上，就在街头说了起来，老大弹弦，老二说《呼家将》，真正的西河大鼓，韵调很好。村里一些老年的书迷，大为赞赏。第二天就去给他们张罗生意，挨家挨户去动员擀毡条。

他们在村里住了三四个月，每天夜晚说《呼家将》。冬天天冷，就把书场移到一家茶馆的大房子里。有时老二回老家运羊毛，就由老三代说，但人们对他的评价不高，另外，他也不会说《呼家将》。

眼看就要过年了，呼延庆①的擂还没打成。每天晚上预告，明天就可以打擂了，第二天晚上，书中又出了岔子，还是打不成。人们盼呀，盼呀，大人孩子都在盼。村里娶儿聘妇要擀毡条的主儿，也差不多都擀了，几个老书迷，还在四处动员：

"擀一条吧，冬天铺在炕上多暖和呀！再说，你不擀毡条，呼延庆也打不了擂呀！"

直到腊月二十老几，弟兄三个看着这村里实在也没有生意可做了，才结束了《呼家将》。他们这部长篇，如果整理出版，我想一定也有两块大砖头那么厚吧。

第一个借给我《红楼梦》的人

我第一次读《红楼梦》，是十岁左右还在村里上小学的时候。我先在西头刘家，借到一部《封神演义》，读完了，又到东头刘家借了这部书。东西头刘家都是以屠宰为业，是一姓一家。刘姓在我们村里是仅次于我们姓的大户，其实也不过七八家，因为这是一个很小的村庄。

从我能记忆起，我们村里有书的人家，几乎没有。刘家能有一些书，是因为他们所经营的近似一种商业。农民读书的很少，更不愿花钱去买这些"闲书"。那时，我只能在庙会上看到书，书摊小贩支架上几块木板，摆上一些石印的，花

---

①呼延庆：宋朝军事将领，《呼家将》中的人物。

纸或花布套的，字体非常细小，纸张非常粗黑的《三字经》《玉匣记》，唱本、小说。这些书可以说是最普及的廉价本子，但要买一部小说，恐怕也要花费一两天的食用之需。因此，我的家境虽然富裕一些，也不能随便购买。我那时上学念的课本，有的还是母亲求人抄写的。

东头刘家有兄弟四人，三个在少年时期就被生活所迫，下了关东。其中老二一直没有回过家，生死存亡不知。老三回过一次家，还是不能生活，只在家过了一个年，就又走了。听说他在关东，从事的是一种非常危险的勾当。

家里只留下老大，他娶了一房童养媳妇，算是成了家。他的女人，个儿不高，但长得颇为端正俊俏，又喜欢说笑，人缘很好，家里常年设着一个小牌局，抽些油头，补助家用。男的还是从事屠宰，但已经买不起大牲口，只能剥个山羊什么的。

老四在将近中年时，从关东回来了，但什么也没有带回来。这人长得高高的个子，穿着黑布长衫，走起路来，"蛇摇担晃"。他这种走路的姿势，常常引起家长们对孩子的告诫，说这种走法没有根底，所以他会吃不上饭。

他叫四喜，论乡亲辈，我叫他四喜叔。我对他的印象很好。他从东头到西头，扬长地走在大街上，说句笑话，惹得他那些嫂子辈的人，骂他"贼兔子"，他就越发高兴起来。他对孩子们尤其和气。有时，坐在他家那旷荡的院子里，拉着板胡，唱一段清扬悦耳的梆子，我们听起来很是入迷。他知道我好看书，就把他的一部《金玉缘》①借给了我。

哥哥嫂子，当然对他并不欢迎。在家里，他已经无事可为，每逢集市，他就挟上他那把锋利明亮的切肉刀，去帮人家卖肉。他站在肉车子旁边，那把刀，在他手中熟练而敏捷地摇动着，那煮熟的牛肉、马肉或是驴肉，切出来是那样薄，就像木匠手下的刨花一样，飞起来并且有规律地落在那圆形的厚而又大的肉案边缘，这样，他在给顾客装进烧饼的时候，既出色又非常方便。他是远近知名的"飞刀刘四"。现在是英雄落魄，暂时又有用武之地。在他从事这种工作的时候，你可以看到，他高大的身材，在一层层顾客的包围下，顾盼神飞，谈笑自若。可以想到，如果一个人，能永远在这样一种状态中存在，岂不是很有意义，也很光荣？

等到集市散了，天也渐渐晚了，主人请他到饭铺吃一顿饱饭，还喝了一些酒。他就又挟着他那把刀回家去。集市离我们村只有三里路。在路上，他有些醉了，走起来，摇晃得更厉害了。

对面来了一辆自行车。他忽然对着人家喊：

"下来！"

"下来干什么？"骑自行车的人，认得他。

"把车子给我！"

"给你干什么？"

---

①《金玉缘》：《红楼梦》程甲本系统的一种版本，全名《增评补像全图金玉缘》。

"不给，我砍了你！"他把刀一扬。

骑车子的人回头就走，绕了一个圈子，到集市上的派出所报了案。

他若无其事地回到家里，也许把路上的事忘记了，当晚睡得很香甜。第二天早晨，就被捉到县城里去了。

那时正是冬季，农村很动乱，每天夜里，绑票的枪声，就像大年五更的鞭炮。专员正责成县长加强治安，县长不分青红皂白，就把他枪毙，作为成绩向上级报告了。他家里的人没有去营救，也不去收尸。一个人就这样完结了。

他那部《金玉缘》，当然也就没有了下落。看起来，是生活决定着他的命运，而不是书。而在我的童年时代，是和小小的书本同时，痛苦地看到了严酷的生活本身。

一九七八年春天

度 春 荒

我的家乡，邻近一条大河，树木很少，经常旱涝不收。在我幼年时，每年春季，粮食很缺，普通人家都要吃野菜树叶。春天，最早出土的，是一种名叫老鸹锦的野菜，孩子们带着一把小刀，提着小篮，成群结队到野外去，寻觅剜取像铜钱大小的这种野菜的幼苗。

这种野菜，回家用开水一泼，搀上糠面蒸食，很有韧性。

与此同时出土的是芑芑菜，就是那种有很白嫩的根，带一点苦味的野菜。但是这种菜，不能当粮食吃。

以后，田野里的生机多了，野菜的品种，也就多了。有黄须菜，有扫帚苗，都可以吃。春天的麦苗，也可以救急，这是要到人家地里去偷来。

到树叶发芽，孩子们就脱光了脚，在手心吐些唾沫，上到树上去。榆叶和榆钱，是最好的菜。柳芽也很好。在大荒之年，我吃过杨花。就是大叶杨春天抽出的那种穗子一样的花。这种东西，是不得已而吃之，并且很费事，要用水浸好几遍，再上锅蒸，味道是很难闻的。

在春天，田野里跑着无数的孩子们，是为饥饿驱使，也为新的生机驱使，他们漫天漫野地跑着，寻视着，欢笑并打闹，追赶和竞争。

春风吹来，大地苏醒，河水解冻，万物孳生，土地是松软的，把孩子们的脚埋进去，他们仍然欢乐地跑着，并不感到跋涉。

清晨，还有露水，还有霜雪，小手冻得通红，但不久，太阳出来，就感到很暖和，男孩子们都脱去了上衣。

为衣食奔波，而不大感到愁苦的，只有童年。

我的童年，虽然也常有兵荒马乱，究竟还没有遇见大灾荒，像我后来从历史书上知道的那样。这一带地方，在历史上，特别是新旧五代史上记载，人民的遭遇是异常悲惨的。因为战争，因为异族的侵略，因为灾荒，一连很多年，在书本上写着：人相食；析骨而焚；易子而食。

战争是大灾荒、大瘟疫的根源。饥饿可以使人疯狂，可以使人死亡，可以使人恢复兽性。曾国藩的日记里，有一页记的是太平天国战争时，安徽一带的人肉价目表。我们的民族，经历了比噩梦还可怕的年月！

日本帝国主义的侵略，以战养战，"三光政策"，是很野蛮很残酷的。但是因为共产党记取历史经验，重视农业生产，村里虽然有那么多青年人出去抗日，每年粮食的收成，还是能得到保证。党在这一时期，在农村实行合理负担的政策。地主富农，占有大部分土地，虽然对这种政策，心里有些不满，他们还是积极经营的。抗日期间，我曾住在一家地主家里，他家的大儿子对我说："你们在前方努力抗日，我们在后方努力碾米。"

在八年抗日战争中，我们成功地避免了"大兵之后，必有凶年"的可怕遭遇，保证了抗日战争的胜利。

一九七九年十二月

拉 洋 片

劳动、休息、娱乐,构成了生活的整体。人总是要求有点娱乐的。

我幼年的时候,每逢庙会,喜欢看拉洋片。艺人支架起一个用蓝布围绕的镜箱,留几个眼孔,放一条板凳,招徕观众。他自己站在高凳上,手打锣鼓,口唱影片的内容情节,给观众助兴。同时上下拉动着影片。

也就是五六张画片,都是彩画,无非是一些戏曲故事,有一张惊险一些,例如人头落地之类。最后一张是色情的,我记得题目叫《大闹瓜园》。

每逢演到这一张的时候,艺人总是眉飞色舞,唱词也特别朦胧神秘,到了热闹中间,他喊一声:"上眼!"然后在上面狠狠盖上一块木板,影箱内顿时漆黑,什么也看不见了。

他下来一一收钱,并做鬼脸对我们说:

"怎么样小兄弟，好看吧？"

这种玩意，是中国固有，可能在南宋时就有了。

以后，有了新的洋片。这已经不是拉，而是推。影架有一面影壁墙那么大，有两个艺人，各站一头，一个人把一张张的照片推过去，那一个人接住，放在下一格里推回。镜眼增多了，可容十个观众。

他们也唱，但没有锣鼓。照片的内容，都是现实的，例如天津卫的时装美人，杭州的风景，等等。

可惜我没有坐下来看过，只看见过展露的部分。

后来我在北平，还在天桥拉洋片的摊前停留，差一点叫小偷把钱包掏去。

其实，称得起洋字的，只是后一种。不只它用的照片与洋字有关，照片的内容，也多见于十里洋场的大城市。它更能吸引观众，敲锣打鼓的那一种，确是相形见绌了。

有了电影以后，洋片也就没有生意了。

影视二字，包罗万象，妙不可言。如果说是窗口，则窗口越大，看得越远，越新奇越好。

有一个村镇，村民这些年收破烂，炼铝锭、铜锭，发了大财，盖起新房，修了马路，立集市，建庙会，请了两台大戏来演唱，热闹非凡。一天夜里，一个外地人，带了一台放像机来，要放录像。消息传开，戏台下的青年人，一哄而散，都看录像去了。台下只剩几个老头老婆，台上只好停演。

一部不声不响进村的录像，立刻夺走了两台紧锣密鼓的大戏,就因为它是外来的、新奇的、神秘的。

我想,那几个老头老婆,如果不是观念还没有更新,碍于情面,一定也跟着去开眼了。

理论界从此再也不争论,现代派和民族派,究竟谁能战胜谁的问题了。

一九八九年一月十日

昆虫的故事

人的一生，真正的欢乐，在于童年。成年以后的欢乐，则常带有种种限制。例如说：寻欢取乐，强作欢笑，甚至以苦为乐，等等。

而童年的欢乐，又在于黄昏。这是因为一天劳作之后，晚饭未熟之前，孩子们是可以偷一些空闲，尽情玩一会儿的。时间虽短，其欢乐的程度，是大大超过青年人的人约黄昏后的情景的。

黄昏的欢乐，又多在春天和夏天，又常常和昆虫有关。

一是捉黑老婆虫。

这种昆虫，黑色，有硬壳，但下面又有软翅。当村边的柳树初发芽时，它们不知从何处飞来，群集在柳枝上。儿童们用脚一踢树干，它们就纷纷落地装死。儿童们争先恐后地把它们装入瓶子，拿回家去喂鸡。我们的童年，即使是游戏，也常常和衣食紧密相连。

二是摸爬爬儿。

爬爬儿是蝉的幼虫，黄昏时从地里钻出来，爬到附近的树上，或是篱笆上。第二天清晨，脱去一层黄色的皮，就变成了蝉。

摸蝉的幼虫，有两种方式。一是摸洞，每到黄昏，到场边树下去转悠，看到有新挖开的小洞，用手指往里一探，幼虫的前爪，就会钩住你的手指，随即带了出来。这种洞是有特点的，口很小，呈不规则圆形，边缘很薄。我幼年时，是察看这种洞的能手，几乎百无一失。另一种方式是摸树。这时天渐渐黑了，幼虫已经爬到树上，但还停留在树的下部，用手从树的周围去摸。这种方式，有点碰运气，弄不好，还会碰到别的虫子，例如蝎子，那就很倒霉了。而且这时母亲也就要喊我们回家吃饭了。

捉了蝉的幼虫，回家用盐水泡起来，可以煎着吃。

三是抄老道儿。

我们那里，沙地很多，都是白沙，一望无垠，洁白如雪，人们就种上柳子。柳子地，是我童年的一大乐园。玩累了，坐在沙地上，就会看见有很多小酒盅似的坑儿。里面光滑整洁，无声无息，偶尔有一个蚂蚁或是小飞虫，滑落到里面，很快就没有踪迹了。我们一边嘴里念念有词："老道儿，老道儿，我给你送肉吃来了。"一边用手往沙地深处猛一抄，小酒盅就到了手掌，沙土从指缝里流落，最后剩一条灰色软体的，形似书鱼而略大的小爬虫在掌心。这种虫子就叫老道儿。它总是倒着走，把它放在沙地上，它迅速地倒退着，不久就又形成一个窝，它也不见了。

它的头部，有两只很硬的钳子。别的小昆虫一掉进它的陷阱，被它拉进土里吃掉，这就叫无声的死亡，或者叫莫名其妙的死亡。

现在想来：道家以清静无为、玄虚冲淡为教旨。导引吐纳、餐风饮露以延年。虫之所为，甚不类矣。何以千古相传，赐此嘉名？岂农民对诡秘之行，有所讽喻乎？

一九八四年三月二十八日上午

青春余梦

我住的大杂院里，有一棵大杨树，树龄至少有七十年了。它有两围粗，枝叶茂密。经过动乱、地震，院里的花草树木都破坏了，唯独它仍然矗立着。这样高大的树木，在这个繁华的大城市，确实少见了。

我幼年时，我们家的北边，也有一棵这样大的杨树。我的童年，有很多时光是在它的下面、它的周围度过的。我不只在秋风起后，在那里捡过杨叫，用长长的柳枝穿起来，像一条条的大蜈蚣；在春天度荒年的时候，我还吃过杨树飘落的花，那可以说是最苦最难以下咽的野菜了。

现在我已经老了，蛰居在这个大院里，不能再向远的地方走去，高的地方飞去。每年冬季，我要生火炉，劈柴是宝贵的，这棵大杨树帮了我不少忙。霜冻以后，它要脱落很多干枝，这种干枝，稍稍晒干，就可以生火，很有油性，很容易点着。每听到风声，我就到它下面去捡拾这种干枝，堆在门外，然后把它们折断晒干。

在这些干枝的表皮上，还留有绿的颜色，在表皮下面，还有水分。我想：它也是有过青春的呀！正像我也有过青春一样。然而它现在干枯了，脱落了，它不是还可以帮助别人生起火炉取暖吗？

是为序。

我的青春的最早阶段，是在保定育德中学度过的。保定是一座古老的城市、荒凉的城市，但也是很便于读书的城市。在这个城市，我待了六年时间。在课堂上，我念英语、演算术。在课外，我在学校的图书馆，领了一个小木牌，把要借的书名写在上面，交给在小窗口等待的管理员，就可以拿到要看的书。图书管理员都是博学之士。星期天，我到天华市场去看书，那里有一家卖文具的小铺子，代卖各种新书。我可以站在那里翻看整整半天，主人不会干涉我。我在他那里看过很多种新书，只买过一本。这本书，我现在还保存着。我不大到商务印书馆去，它的门半掩着，柜台很高，望不见它摆的书籍。

读书的兴趣是多变的，忽然想看古书了，又忽然想看外国文学了，又忽然想研究社会科学了，这都没有关系。尽量去看吧，每一种学科，都多读几本吧。

后来，我又流浪到北平去了。除了买书看书，我还好看电影，好听京戏，迷恋着一些电影明星，一些科班名角。我住在东单牌楼，晚上，一个人走着到西单牌楼去看电影，到鲜鱼口去听京戏。那时长安大街多么荒凉、多么安静啊！一路上，很少遇到行人。

各种艺术都要去接触。饥饿了，就掏出剩下的几个铜板，坐在露天的小饭摊上，吃碗适口的杂菜烩饼吧。

有一阵子，我还好歌曲，因为民族的苦难太深重了，我们要呼喊。

无论保定还是北平，都曾使我失望过，痛苦过；但也都给过我安慰和鼓舞，留下的印象是深刻的。我在那里得到过朋友们的帮助，也爱过人、同情过人。写过诗，写过小说，都没有成功。我又回到农村来了，又听到杨树叶子，哗哗地响着。

后来，我参加了抗日战争，关于这，我写得已经很多了。战争，充实了我的青春，也结束了我的青春。

我的青春，价值如何？是欢乐多，还是痛苦多？是安逸享受多，还是颠沛流离多？是虚度，还是有所作为？都不必去总结了。时代有总的结论，总的评价。个人是一滴水，如果滴落在江河，流向大海，大海是不会涸竭的。正像杨树虽有脱落的枝叶，它的本身是长存的。我祝愿它长存！

是为本文。

一九八二年十二月六日清晨

芸斋梦余

关 于 花

青年时的我，对花是没有什么感情的，心里只有"衣食"二字。童年的印象里没有花。十四岁上了中学，学校里有一座很小的校园，一个老园丁。校园紧靠图书馆，有点时间，我宁肯进图书馆，很少到校园。在上植物学课时，张老师（河南人）带领我们去看含羞草啊、无花果啊，也觉得实在没有意思。校园里有一棵昙花，被视为稀罕之物，每逢开花，即使已经下了晚自习，张老师还要把我们集合起来，排队去观赏，心里更认为他是多此一举，小题大做。

毕业后，为衣食奔走，我很少想到花，即使逛花园，心里也是沉重的。后来,参加了抗日战争,大部分时间是在山里打游击。山里有很多花,村头、河边、山顶都有花。杏花、桃花、梨花,还有很多野花,我很少观赏。不但不观赏,行军时践踏它们,休息时把它们当坐垫,无情地、无意识地拔起身边的野花,连嗅一嗅的兴趣都没有,抛到远处去,然后爬起来赶路。

我,青春时代,对花是无情的,可以说是辜负了所有遇到的花。

写作时,我也没有用花形容过女人。这不只是因为有先哲的名言,也是因为那时的我,认为用花来形容什么,是小资产阶级意识的表现。

及至现在,我老了,白发稀疏,感觉迟钝,我很喜爱花了。我花钱去买花,用瓷的花盆去栽种。然而花不开,它们干黄、枯萎,甚至不活。而在十年动乱时,造反派看中我的花盆,把花全部端走了。我对花的感情最浓厚、最丰盛,投放的精力也最大。然而花对我很冷漠,它们几乎是背转脸去,毫无笑模样,再也不理我。

这不能说是花对我无情,也不能怨它恨它,是它对我的理所当然的报复。

关 于 果

战争时期,我经常吃不饱。霜降以后我常到山沟里去,拣食残落的红枣、黑枣、梨子和核桃。树下没有了,我仰头望着树上，还有打不净的。稍低的用手去摘，再高的，用石块去投。常常望见在树的顶梢，有一个最大的、最红的、最引诱人的果子。这是主人的竿子也够不着，打不下来，才不得不留下来，恨恨地走去的。我向它瞄准，投了十下，不中。投了一百下，还是不中。我环绕着树身走着，望着，计划着。最后，我的脖颈僵了，筋疲力尽了，还是投不下来。我望着天空，面对四方，我希望刮起一股劲风，把它吹下来。但终于天气晴和，一丝风也没有。红果在天空摇曳着，讪笑着，诱惑着。

天晚了，我只好回去，我的肚子更饿了，这叫作"得不偿失"，无效劳动。我一步一回头，望着那颗距离我越来越远的红色果了。

夜里，我又梦见了它。第二天黎明，集合行军了，每人发了半个冷窝窝头。要爬上前面一座高山，我把窝窝头吃光了。还没爬到山顶，我饿得晕倒在山路上。忽然我的手被刺伤了，我醒来一看，是一棵酸枣树。我饥不择食，一把掳去，把果子、叶子、树枝和刺针，都塞到嘴里。

年老了，不再愿吃酸味的水果，但酸枣救活了我，我感念酸枣。每逢见到了酸枣树，我总是向它表示敬意。

关 于 河

听说，我家乡的滹沱河，已经干涸很多年了，夏天也没有一点水。我在一部小说里，对它进行过详细的描述，现在要拍摄这些场面，是没有办法了。听说家乡房屋街道的形式，也大变了。

建筑是艺术的一种，它必然随着政治的变动，改变其形式。它的形式，是由经济基础决定的。

关于河流，就很难说了。历史的发展，可以引起地理环境的变动吗？大概是肯定的。

这条河，在我的童年，每年要发水，泛滥所及，冲倒庄稼，有时还冲倒房子。它带来黄沙，也带来肥土，第二年就可以吃到一季好麦。它给人们带来很多不便，夏天要花钱过惊险的摆渡，冬天要花钱过摇摇欲坠的草桥。走在桥上，仄仄闪闪的，吱吱呀呀的，下面是围着桥桩堆积起来的坚冰。

童年，我在这里，看到了雁群，看到了鹭鸶，看到了对艚大船上的船夫船妇，看到了纤夫，看到了白帆。他们远来远去，东来西往，给这一带的农民，带来了新鲜奇异的生活感受，彼此共同的辛酸苦辣的生活感受。

对于这条河流，祖祖辈辈，我没有听见人们议论过它的功过，是喜欢它，还是厌恶它；是有它好，还是没有它好。人们只是觉得，它是大自然的一部分。而大自然总是对人们既有利又有害，既有恩也有怨，无可奈何。

河，现在干涸了，将永远不存在了。

一九八二年十二月十九日

书 的 梦

到市场买东西，也不容易。一要身强体壮，二要心胸宽阔。因为种种原因，我足不入市，已经有很多年了。这当然是因为有人帮忙，去购置那些生活用品。夜晚多梦，在梦里却常常进入市场。在喧嚣拥挤的人群中，我无视一切，直奔那卖书的地方。

远远望去，破旧的书床上好像放着几种旧杂志或旧字帖。顾客稀少，主人态度也很和蔼。但到那里定睛一看，往往令人失望，毫无所得。

按照弗洛伊德的学说，这种梦境，实际上是幼年或青年时代，残存在大脑皮质上的一种印象的再现。

是的，我梦到的常常是农村的集市景象：在小镇的长街上，有很多卖农具的，卖吃食的，其中偶尔有卖旧书的摊贩。

或者，在杂乱放在地下的旧货中间，有几本旧书，它们对我最富有诱惑的力量。

这是因为，在童年时代，常常在集市或庙会上，去光顾那些出售小书的摊贩。他们出卖各种石印的小说、唱本。有时，在戏台附近，还会遇到陈列在地下的，可以白白拿走的，宣传耶稣教义的各种圣徒的小传。

在保定上学的时候，天华市场有两家小书铺，出卖一些新书。在大街上，有一种当时叫作"一折八扣"的廉价书，那是新旧内容的书都有的，印刷当然很劣。

有一回，在紫河套的地摊上，买到一部姚鼐编的《古文辞类纂》，是商务印书馆的铅印大字本，花了一圆大洋。这在我是破天荒的慷慨之举，又买了两尺花布，拿到一家裱画铺去做了一个书套。但保定大街上，就有商务印书馆的分馆，到里面买一部这种新书，所费也不过如此，才知道上了当。

后来又在紫河套买了一本大字的夏曾佑撰写的《中国历史教科书》①，也是商务排印的大字本，共两册。

最后一次逛紫河套，是一九五二年。我路过保定，远千里同志陪我到"马号"吃了一顿童年时爱吃的小馆，又看了"列国"古迹，然后到紫河套。在一家收旧纸的店铺里，远买了一部石印的《李太白集》。这部书，在远去世后，我在他的夫人于雁军同志那里还看见过。

---

①《中国历史教科书》：就是后来的《中国古代史》。——作者原注

中学毕业以后，我在北平流浪着。后来，在北平市政府当了一名书记。这个书记，是当时公务人员中最低的职位，专事抄写，是一种雇员，随时可以解职的，每月有二十元薪金。在那里，我第一次见到了旧官场、旧衙门的景象。那地方倒很好，后门正好对着北平图书馆。我正在青年，富于幻想，很不习惯这种职业。我常常到图书馆去看书。到北新桥、西单商场、西四牌楼、宣武门外去逛旧书摊。那时买书，是节衣缩食，所购完全是革命的书。我记得买过六期《文学月报》、五期《北斗》杂志，还有其他一些革命文艺期刊，如《奔流》《萌芽》《拓荒者》《世界文化》等。有时就带上这些刊物去"上衙门"。我住在石驸马大街附近，东太平街天仙庵公寓。那里的一位老工友，见我出门，就如此恭维。好在科里都是一些混饭吃、不读书的人，也没人过问。

我们办公的地方，是在一个小偏院的西房。这个屋子里职位最高的，是一名办事员，姓贺。他的办公桌摆在靠窗的地方，而且也只有他的桌子上有块玻璃板。他的对面也是位办事员，姓李，好像和市长有些瓜葛，人比较文雅。家就在府右街，他结婚的时候，我随礼去过。

我的办公桌放在西墙的角落里，其实那只是一张破旧的板桌，根本不是办公用的，桌子上也没有任何文具，只堆放着一些杂物。桌子两旁，放了两条破板凳。我对面坐着一位姓方的青年，是破落户子弟。他写得一手好字，只是染上了严重的嗜好。整天坐在那里打盹，睡醒了就和我开句玩笑。

那位贺办事员,好像是南方人,一上班嘴里的话是不断的,他装出领袖群伦的模样,对谁也不冷淡。他见我好看小说,就说他认识张恨水的内弟。

很久我没有事干,也没人分配给我工作。同屋有位姓石的山东人,为人诚实,他告诉我,这种情况并不好,等科长来考勤,对我很不利。他比较老于官场,他说,这是因为朝中无人。我那时不知此中的利害,还是把书本摆在那里看。

我们这个科是管市民建筑的。市民要修房建房,必须请这里的技术员,去丈量地基,绘制蓝图,看有没有侵占房基线。然后在窗口那里领照。

我们科的一位股长,是一个胖子,穿着蓝绸长衫,和下僚谈话的时候,老是把一只手托在长衫的前襟下面,做撩袍端带的姿态。他当然不会和我说话的。

有一次,我写了一个请假条寄给他。我虽然看过《酬世大观》,在中学也读过陈子展的《应用文》,高中时的国文老师,还常常把他要替人们拟的公文,发给我们当作教材。但我终于在应用时把"等因奉此"的程式用错了。听姓石的说,股长曾拿到我们屋里,朗诵取笑。股长有一个干儿,并不在我们屋里上班,却常常到我们屋里瞎串。这是一个典型的京华恶少,政界小人。他也好把一只手托在长衫下面,不过他的长衫,不是绸的,而是蓝布,并且旧了。有一天,他又拿那件事开我的玩笑,激怒了我,我当场把他痛骂一顿,他就满脸赔笑地走了。

当时我血气方刚，正是一语不合拨剑而起的时候，更何况初入社会，就到了这样一处地方，满腹怨气，无处发作，就对他来了。

我是由志成中学的体育教师介绍到那里工作的。他是当时北方的体育明星，娶了一位宦门小姐。他的外兄是工务局的局长。所以说，我官职虽小，来头还算可以。不到一年，这位局长下台，再加上其他原因，我也就"另候任用"了。

我被免职以后，同事们照例是在东来顺吃一次火锅，然后到娱乐场所玩玩。和我一同被免职的，还有一位家在北平附近的人，脸上有些麻子，忘记了他的姓。他是做外勤的，他的为人和他的破旧自行车上的装备，给人一种商人小贩的印象，失业对他是沉重的打击。走在街上，他悄悄地对我说：

"孙兄，你是公子哥儿吧，怎么你一点也不在乎呀！"

我没有回答。我想说：我的精神支柱是书本，他当然是不能领会的。其实，精神支柱也不可靠，我所以不在意，是因为这个职位，实在不值得留恋。另外，我只身一人，这里没有家口，实在不行，我还可以回老家喝粥去。

和同事们告别以后，我又一个人去逛西单商场的书摊。渴望已久的，鲁迅先生翻译的《死魂灵》一书，已经陈列在那里了。用同事们带来的最后一次薪金，购置了这本名著，高高兴兴回到公寓去了。

第二天在清晨，挟着这本书，出西直门，路经海淀，到离北平有五六十里路的黑龙潭，去看望在那里山村小学教书的一个朋友。他是我的同乡，又是中学同学。这人为人热情对比他年纪小的同乡同学，情谊很深。到他那里，正是深秋时节，黄叶飘落，潭水清冷，我不断想起曹雪芹在这一带著书的情景。住了两天，我又回到了北平。

我在朝阳大学同学处住几天，又到中国大学同学处住几天。后来，感到肚子有些饿，就写了一首诗，投寄《大公报》的《小公园》副刊。内容是：我要离开这个大城市，回到农村去了，因为我看到，在这里，是一部分人正在输血给另一部分人！

诗被采用，给了五角钱。

整理了一下，在北平一年所得的新书旧书，不过一柳条箱，就回到农村，去教小学了。

我的书籍，一损失于抗日战争之时，已在另一篇文章中略记，一损失于土地改革之时。

我的家庭成分是富农。按照当时党的政策，凡是有人在外参加革命，在政治上稍有照顾。关于书，是属于经济，还是属于政治，这是不好分的。贫农团以为书是钱买来的，这当然也是属于财产，他们就先后拿去了。其实也不看。当时，我们那里的农民，已普遍从八路军那里学会裁纸卷烟。在乡下，纸张较之布片还难得，他们是拿去卷烟了。

这时，我在饶阳县一个小区参加土改工作。大概是冀中区党委所在之地吧，发了一个通知，要各村贫农团，把斗争果实中的书籍，全部上缴小区，由专人负责清查保存。大概因为我是知识分子吧，我们的小区区长，把这个责任交给了我。

书籍也并不太多，堆在一间屋子的地下，而且多是一些古旧破书，可以用来卷烟的已经不多。我因家庭成分不好，又由于"客里空"①问题，正在《冀中导报》受到公开批判，谨小慎微，对这些书籍，丝毫不敢染指，全部上缴县委了。

我的受批判，是因为那一篇《新安游记》。是个黄昏，我从端村到新安城墙附近绕了绕，那里地势很洼，有些雾气，我把大街的方向弄错了。回去仓促写了一篇抗日英雄故事，在《冀中导报》发表了。土改时被作为"客里空"典型。

在家乡工作期间，已经没有购买书籍的机会，携带也不方便。如果能遇到书本的话，只是用打游击的方式，走到哪里，就看到哪里。

但也有时得到书。我在蠡县工作时，有一次在县城大集上，从一个地摊上，买到一本商务印书馆出版的，铅印精装的《西厢记》。我带着看了一程子，后来送给蠡县一位书记了。

《冀中导报》在饶阳大张岗设立了一处造纸厂。他们收买一些旧书，用牲口拉的大碾，轧成纸浆。有一间棚子，堆放着旧书。我那时常到这家纸厂吃住。从棚子里，我捡到一本石印的《王圣教》和一本石印的《书谱》。

---

①客里空：苏联剧本《前线》中的一位新闻记者，善于捕风捉影，捏造事实。后遂用以泛称爱讲假话、华而不实的人。

在河间工作的时候，每逢集日，在一处小树林里，有推着小车贩卖烂纸书本的。有一次，我从车上买到一部初版的《孽海花》，一直保存着，进城后，送给一位新婚燕尔、出国当参赞的同志了。

一九七九年四月

报纸的故事

一九三五年的春季,我失业家居。在外面读书看报惯了,忽然想订一份报纸看看。这在当时确实近于一种幻想,因为我的村庄,非常小又非常偏僻,文化教育也很落后。例如村里虽然有一所小学校,历来就没有想到订一份报纸,村公所就更谈不上了。而且,我想要订的还不是一种小报,是想要订一份大报,当时有名的《大公报》。这种报纸,我们的县城,是否有人订阅,我不敢断言,但我敢说,我们这个区,即子文镇上是没人订阅过的。

我在北京住过,在保定学习过,都是看的《大公报》。现在我失业了,住在一个小村庄,我还想看这份报纸。我认为这是一份严肃的报纸,是一些有学问的、有事业心的、有责任感的人编辑的报纸。至于当时也是北方出版的报纸,例如《益世报》《庸报》,都是不学无术的失意政客们办的,我是不屑一顾的。

我认为《大公报》上的文章好。它的社论是有名的，我在中学时，老师经常选来给我们当课文讲。通讯也好，有长江等人写的地方通讯，还有赵望云的风俗画。最吸引我的还是它的副刊。它有一个文艺副刊，是沈从文编辑的，经常登载青年作家的小说和散文。还有"小公园"，还有艺术副刊。

说实在的，我是想在失业之时，给《大公报》投投稿，而投了稿子去，又看不到报纸，这是使人苦恼的。因此，我异想天开地想订一份《大公报》。

我首先把这个意图和我结婚不久的妻子说了说。以下是我们的对话实录：

"我想订份报纸。"

"订那个干什么？"

"我在家里闲着很闷，想看看报。"

"你去订吧。"

"我没有钱。"

"要多少钱？"

"订一月，要三块钱。"

"啊！"

"你能不能借给我三块钱？"

"你花钱应该向咱爹去要，我哪里来的钱？"

谈话就这样中断了。这很难说是愉快，还是不愉快，但是我不能再往下说了。因为我的自尊心确实受了一点损伤。

是啊，我失业在家里待着，这证明书就是已经白念了。白念了，就安心在家里种地过日子吧，还要订报。特别是最后这一句："我哪里来的钱？"这对于作为男子汉大丈夫的我，确实是千钧之重的责难之词！

其实，我知道她还是有些钱的，做个最保守的估计，她可能有十五元钱。当然她这十五元钱，也是来之不易的。是在我们结婚的大喜之日，她的"拜钱"。每个长辈，赏给她一元钱，或者几毛钱，她都要拜三拜、叩三叩。你计算一下，十五元钱，她一共要起来跪下、跪下起来多少次啊！

她把这些钱，包在一个红布小包里，放在立柜顶上的陪嫁大箱里，箱子落了锁。每年春节闲暇的时候，她就取出来，在手里数一数，然后再包好放进去。

在妻子面前碰了钉子，我只好硬着头皮去向父亲要，父亲沉吟了一下说：

"订一份《小实报》不行吗？"

我对书籍、报章，欣赏的起点很高，向来是取法乎上的。《小实报》是北平出版的一种低级市民小报，属于我不屑一顾之类。我没有说话，就退出来了。

父亲还是爱子心切，晚上看见我，就说：

"愿意订就订一个月看看吧，集晌多粜一斗麦子也就是了。长了可订不起。"

镇上集日那天，父亲给了我三块钱，我转手交给邮政代办所，汇到天津去，同时还寄去两篇稿子。我原以为报纸也像取信一样，要走三里路来自取，过了不久，居然有一个专人，骑着自行车来给我送报了，这三块钱花得真是气派。他每隔三天，就骑着车子，从县城来到这个小村，然后又通过弯弯曲曲的、两旁都是黄土围墙的小胡同，送到我家那个堆满柴草农具的小院，把报纸交到我的手里。上下打量我两眼，就转身骑上车走了。

我坐在柴草上，读着报纸。先读社论，然后是通讯、地方版、国际版、副刊，甚至广告、行情，都一字不漏地读过以后，才珍重地把报纸叠好，放到屋里去。

我的妻子好像是因为没有借给我钱，有些过意不去，对于报纸一事，从来也不闻不问。只有一次，带着略有嘲弄的神情，问道：

"有了吗？"

"有了什么？"

"你写的那个。"

"还没有。"我说。其实我知道，她从心里断定是不会有的。

直到一个月的报纸看完，我的稿子也没有登出来，证实了她的想法。

这一年夏天雨水大，我们住的屋子，结婚时裱糊过的顶棚、壁纸，都脱落了。别人家，都是到集上去买旧报纸，重新糊一下。那时日本侵略中国，无微不至①，他们的旧报，如

①无微不至：作者原意为当时日本对中国的侵略无处不在。

《朝日新闻》《读卖新闻》，都倾销到这偏僻的乡村来了。妻子和我商议，我们是不是也把屋子糊一下，就用我那些报纸，她说：

"你已经看过好多遍了，老看还有什么意思？这样我们就可以省下块数来钱，你订报的钱，也算没有白花。"

我听她讲得很有道理，我们就开始裱糊房屋了，因为这是我们的幸福的窝巢呀。妻刷糨糊我糊墙。我把报纸按日期排列起来，把有社论和副刊的一面糊在外面，把广告部分糊在顶棚上。

这样，在天气晴朗，或是下雨刮风不能出门的日子里，我就可以脱去鞋子，上到炕上，或仰或卧，或立或坐，重新阅读我所喜爱的文章了。

一九八二年二月九日

母亲的记忆

母亲生了七个孩子，只养活了我一个。一年，农村闹瘟疫，一个月里，她死了三个孩子。爷爷对母亲说：

"心里想不开，人就会疯了。你出去和人们斗斗纸牌吧！"

后来，母亲就养成了春冬两闲和妇女们斗牌的习惯，并且常对家里人说：

"这是你爷爷吩咐下来的，你们不要管我。"

麦秋两季，母亲为地里的庄稼，像疯了似的劳动。她每天一听见鸡叫就到地里去，帮着收割、打场。每天很晚才回到家里来。她的身上都是土，头发上是柴草。蓝布衣裤，汗湿得泛起一层白碱，她总是撩起褂子的大襟，抹去脸上的汗水。她的口号是："争秋夺麦！""养兵千日，用兵一时！"一家人谁也别想偷懒。

我生下来，就没有奶吃。母亲把馍馍晾干了，再粉碎煮成糊喂我。我多病，每逢病了，夜间，母亲总是放一碗清水在窗台上，祷告过往的神灵。母亲对人说：

"我这个孩子，是不会孝顺的，因为他是我烧香还愿，从庙里求来的。"

家境小康以后，母亲对于村中的孤苦饥寒，尽力周济；对于过往的人，凡有求于她，无不热心相帮。有两个远村的尼姑，每年麦秋收成后，总到我们家化缘。母亲除给她们很多粮食外，还常留她们食宿。我记得有一个年轻的尼姑，长得眉清目秀。冬天住在我家，她怀揣一个蝈蝈葫芦，夜里叫得很好听，我很想要。第二天清早，母亲告诉她，小尼姑就把蝈蝈送给我了。

抗日战争时，在村庄附近，敌人安上了炮楼。一年春天，我从远处回来，不敢到家里去，绕到村边的场院小屋里。母亲听说了，高兴得不知给孩子什么好。家里有一棵月季，父亲养了一春天，刚开了一朵大花，她折下就给我送去了。父亲很心痛，母亲笑着说：

"我说为什么这朵花，早也不开，晚也不开，今天忽然开了呢，因为我的儿子回来，它要先给我报个信儿！"

一九五六年，我在天津，得了大病，要到外地去疗养。那时母亲已经八十多岁，当我走出屋来，她站在廊子里，对我说：

"别人病了往家里走，你怎么病了往外走呢！"

这是我同母亲的永诀。我在外养病期间，母亲去世了，享年八十四岁。

一九八二年十二月

亡人逸事

一

旧式婚姻,过去叫作"天作之合",是非常偶然的。据亡妻言,她十九岁那年,夏季一个下雨天,她父亲在临街的梢门洞里闲坐,从东面来了两个妇女,是以说媒为业的,被雨淋湿了衣服。她父亲认识其中的一个,就让她们到梢门下避避雨再走,随便问道:

"给谁家说亲去来?"

"东头崔家。"

"给哪村说的?"

"东辽城。崔家的姑娘不大般配,恐怕成不了。"

"男方是怎么个人家?"

媒人简单介绍了一下,就笑着问:

"你家二姑娘怎样?不愿意寻吧?"

"怎么不愿意。你们就去给说说吧,我也打听打听。"她父亲回答得很爽快。

就这样,经过媒人来回跑了几趟,亲事竟然说成了。结婚以后,她跟我学认字,我们的洞房喜联横批,就是"天作之合"四个字。她点头笑着说:

"真不假,什么事都是天定的。假如不是下雨,我就到不了你家里来!"

二

虽然是封建婚姻,第一次见面却是在结婚之前。订婚后,她们村里唱大戏,我正好放假在家里。她们村有我的一个远房姑姑,特意来叫我去看戏,说是可以相相媳妇。开戏的那天,我去了,姑姑在戏台下等我。她拉着我的手,走到一条长板凳跟前。板凳上,并排站着三个大姑娘,都穿得花枝招展,留着大辫子。姑姑叫着我的名字,说:

"你就在这里看吧,散了戏,我来叫你家去吃饭。"

姑姑的话还没有说完,我看见站在板凳中间的那个姑娘,用力盯了我一眼,从板凳上跳下来,走到照棚外面,钻进了一辆轿车。那时姑娘们出来看戏,虽在本村,也是套车送到合下，然后再搬着带来的板凳，到照棚下面看戏的。

结婚以后，姑姑总是拿这件事和她开玩笑，她也总是说姑姑会出坏道儿。

她礼教观念很重。结婚已经好多年，有一次我路过她家，想叫她跟我一同回家去，她严肃地说："你明天叫车来接我吧，我不能这样跟着你走。"我只好一个人走了。

三

她在娘家，因为是小闺女，娇惯一些，从小只会做些针线活；没有下场下地劳动过。到了我们家，我母亲好下地劳动，尤其好打早起，麦秋两季，听见鸡叫，就叫起她来做饭。又没个钟表，有时饭做熟了，天还不亮。她颇以为苦。回到娘家，曾向她父亲哭诉。她父亲问：

"婆婆叫你早起，她也起来吗？"

"她比我起得更早。还说心疼我，让我多睡了会儿哩！"

"那你还哭什么呢？"

我母亲知道她没有力气，常对她说：

"人的力气是使出来的，要伸懒筋。"

有一天，母亲带她到场院去摘北瓜，摘了满满一大筐。母亲问她：

"试试，看你背得动吗？"

她弯下腰，挎好筐系猛一立，因为北瓜太重，把她弄了个后仰，沾了满身土，北瓜也滚了满地。她站起来哭了。母亲倒笑了，自己把北瓜一个个捡起来，背到家里去了。

我们那村庄，自古以来兴织布，她不会。后来孩子多了，穿衣困难，她就下决心学。从纺线到织布，都学会了。我从外面回来，看到她两个大拇指，都因为推机杼，顶得变了形，又粗又短，指甲也短了。

后来，因为闹日本，家境越来越不好，我又不在家，她带着孩子们下场下地。到了集日，自己去卖线卖布。有时和大女儿轮换着背上二斗高粱，走三里路，到集上去粜卖。从来没有对我叫过苦。

几个孩子，也都是她在战争的年月里，一手拉扯成人长大的。农村少医药，我们十二岁的长子，竟以盲肠炎不治死亡。每逢孩子发烧，她总是整夜抱着，来回在炕上走。在她生前，我曾对孩子们说：

"我对你们，没负什么责任。母亲把你们弄大，可不容易，你们应该记着。"

四

一位老朋友、老邻居，近几年来，屡次建议我写写"大嫂"。因为他觉得她待我太好，帮助太大了。老朋友说：

"她在生活上，对你的照顾，自不待言。在文字工作上的帮助，我看也不小。可以看出，你曾多次借用她的形象，写进你的小说。至于语言，你自己承认，她是你的第二源泉。当然，她瞑目之时，冰连地结，人事皆非，当急必不及此，别人也不会做此要求。但目前情况不同，文章一事，除重大题材外，也允许记些私事。你年事已高，如果仓促有所不讳，你不觉得是个遗憾吗？"

我唯唯，但一直拖延着没有写。这是因为，虽然我们结婚很早，但正像古人常说的：相聚之日少，分离之日多；欢乐之时少，相对愁叹之时多耳。我们的青春，在战争年代中抛掷了。以后，家庭及我，又多遭变故，直到最后她的死亡。

我衰年多病，实在不愿再去回顾这些。但目前也出现一些异象：过去，青春两地，一别数年，求一梦而不可得；今老年孤处，四壁生寒，却几乎每晚梦见她，想摆脱也做不到。按照迷信的说法，这可能是地下相会之期，已经不远了。因此，选择一些不太使人感伤的片段，记述如上。已散见于其他文字中者，不再重复。就是这样的文字，我也写不下去了。

我们结婚四十年，我有许多事情，对不起她，可以说她没有一件事情是对不起我的。在夫妻的情分上，我做得很差。正因为如此，她对我们之间的恩爱，记忆很深。我在北平当小职员时，曾经买过两丈花布，直接寄至她家。临终之前，她还向我提起这一件小事，问道：

"你那时为什么把布寄到我娘家去啊？"

我说：

"为的是叫你做衣服方便呀！"

她闭上眼睛，久病的脸上，展现了一丝幸福的笑容。

一九八二年二月十二日晚

忆郭小川

一九四八年冬季，我在深县下乡工作。环境熟悉了，同志们也互相了解了，正在起劲，有一天，冀中区党委打来电话，要我回河间，准备进天津。我不想走，但还是骑上车子去了。

我们在胜芳集中，编在《冀中导报》的队伍里。从冀热辽的《群众日报》社也来了一批人，这两家报纸合起来，筹备进城后的报纸出刊。小川属于《群众日报》，但在胜芳，我好像没有见到他。早在延安，我就知道他的名字，因为我交游很少，也没得认识。

进城后，在伪《民国日报》的旧址，出版了《天津日报》。小川是编辑部的副主任，我是副刊科的副科长。我并不是《冀中导报》的人，在冀中时，却常常在报社住宿吃饭，现在成了它的正式人员，并且得到了一个官衔。

编辑部以下有若干科，小川分工领导副刊科，是我的直接上司。小川给我的印象是：一见如故，平易坦率，热情细心，工作负责，生活整饬。这些特点，在一般文艺工作者身上是很少见的。所以我对小川很是尊重，并在很长时间里，我认为小川不是专门写诗，或者已经改行，是能做行政工作，并且非常老练的一名干部。

在一块儿工作的时间很短，不久他们这个班子就原封转到湖南去了。小川在《天津日报》期间，没有在副刊上发表过一首诗，我想他不是没有诗，而是谦虚谨慎，觉得在自己领导下的刊物上发表东西，不如把版面让给别人。他给报社同志们留下的印象，是很好的，很多人都不把他当诗人看待，甚至不知道他能写诗。

后来，小川调到中国作家协会工作。在此期间，我病了几年，联系不多。当我从外地养病回来，有一次到北京去，小川和贺敬之同志把我带到前门外一家菜馆，吃了一顿饭。其中有两个菜，直到现在，我还认为，是我有生以来，吃到的最适口的美味珍品。这不只是我短于交际，少见世面，也因为小川和敬之对久病的我，无微不至地关怀照顾，才留下了如此难以忘怀的印象。

我很少去北京，如果去了，总是要和小川见面的，当然和他的职位能给予我种种方便有关。

我时常想，小川是有作为的，有能力的。一个诗人，担任这样一个协会的秘书长，上上下下、里里外外都来得，我认为是很难的。小川却做得很好，很有人望。

我平素疏忽，小川的年龄，是从他逝世后的消息上，才弄清楚的。他参加革命工作的时候，还不到二十岁。他却能跋山涉水，入死出生，艰苦卓绝，身心并用，为党为人民做了这样多的事，实事求是评定起来，是非常有益的工作。他的青春，可以说是没有虚掷，没有浪过。

他的诗，写得平易通俗，深入浅出，毫不勉强，力求自然，也是一代诗风所罕见的。

很多年没有见到小川，大家都自顾不暇。后来，我听说小川发表了文章，不久又听说受了"四人帮"的批评。我当时还怪他，为什么在这个时候，急于发表文章。

前年，有人说在辉县见到了他，情形还不错，我很高兴。我觉得经过这么几年，他能够到外地去做调查，身体和精神一定是很不错的了。能够这样，真是幸事。

去年，粉碎了"四人帮"，大家正在高兴，忽然传来小川不幸的消息。说他在安阳招待所听到好消息，过于兴奋，喝了酒，又抽烟，当夜就出了事。起初，我完全不相信，以为是传闻之误，不久就接到了他的家属的电报，要我去参加为他举行的追悼会。

我没有能够去参加追悼会。自从一个清晨，听到陈毅同志逝世的广播，怎么也控制不住热泪后，一听到广播哀乐，就悲不自胜。小川是可以原谅我这体质和神经方面的脆弱性的。但我想如果我不写一点什么纪念他，就很对不起我们的友情。我已经有十几年没有写作的想法了,现在拿起笔来,是写这样的文字。

我对小川了解不深,对他的工作劳绩,知道得很少,对他的作品,也还没有认真去研究,生怕伤害了他的形象。

一九五一年吧,小川曾同李冰、俞林同志,从北京来看我,在我住的院里,拍了几张照片。这一段胶卷,长期放在一个盒子里。前些年,那么乱,却没人过问,也没有丢失。去年,我托人洗了出来,除了我因为不健康照得不好,他们三个人照得都很好,尤其是小川那股英爽秀发之气,现在还跃然纸上。

啊,小川,
你的诗从不会言不由衷,
而是发自你肺腑的心声。
你的肺腑,
像高挂在树上的公社的钟,
它每次响动,
都为的是把社员从梦中唤醒,
催促他们拿起铁铲锄头,
去到田地里上工。
你的诗篇,长的或短的,
像大大小小的星斗,
展布在永恒的夜空,

人们看上去,它们都有一定的光亮,
一定的方位,
就是儿童,
也能指点呼唤它们的可爱的名称。
它们绝不是那转瞬即逝的流星——
乡下人叫做贼星,
拖着白色的尾巴,
从天空划过,
人们从不知道它的来路,
也不关心它的去踪。
你从不会口出狂言,欺世盗名,
你的诗都用自己的铁锤,
在自己的铁砧上锤炼而成。
雨水从天上落下,
种子用两手深埋在土壤中。
你的诗是高粱玉米,
它比那伪造的琥珀珊瑚贵重。
你的诗是风,
不是转蓬。
泉水呜咽,小河潺潺,大江汹涌!

一九七七年一月三日改讫

觅 哲 生

1944年春天,有一支身穿浅蓝色粗布便衣、男女混杂的小队伍,走在从阜平到延安、山水相连、风沙不断、漫长的路上。

这是由华北联大高中班的师生组成的队伍。我是国文教师,哲生是一个男生,看来比我小十来岁。哲生个子很高,脸很白。他不好说话,我没见过他和别的同学说笑,也不记得,他曾经和我谈过什么。我不知道他的籍贯、学历,甚至也不知道他确切的年龄。

我身体弱,行前把棉被拆成夹被,书包也换成很小的,单层布的。但我"掠夺"了田间的一件日军皮大衣,以为到了延安,如果棉被得不到补充,它就能在夜晚压风,白天御寒。

路远无轻载。我每天抱着它走路,从左手换到右手,又从右手换到左手。这时,就会有一个青年走上来,从我手里把大衣接过去,又回到他的队列位置,一同前进。他身上背的东西,已经不少,除去个人的装备,男生还要分背一些布匹和粮食。到了宿营地,他才笑一笑,把皮大衣交给我。在行军路上,有时我回头望望,哲生总是沉默地走着,昂着头,步子大而有力。

到了延安,我们就分散了。我在"鲁艺",他好像去了自然科学院。我不记得向他表示过谢意,那时,好像没有这些客套。不久,在一场水灾中,大衣被冲到延河里去了。

后来,我一直记着哲生。见到当时的熟人,就打听他。

越到晚年,我越想:哲生到哪里去了呢?有时也想:难道他牺牲了吗?早逝了吗?

一九九〇年七月十九日晨

关于河流,就很难说了。历史的发展,可以引起地理环境的变动吗?大概是肯定的。

——《芸斋梦余》

第四辑·记

家乡有句歌谣:"十里菜花香。"在童年,我见到的菜花,不是一株两株,也不是一亩二亩,是一望无边的。春阳照拂,春风吹动,蜂群轰鸣,一片金黄。那不是白菜花,是油菜花。花色同白菜花是一样的。

——《菜花》

去年结果多,今年休息,只结一小果,南向,得阳光独厚。

——《晚秋植物记》

石 子
——病期琐事

　　我幼小的时候，就喜欢石子。有时从耕过的田野里捡到一块椭圆形的小石子，以为是乌鸦从山里衔回跌落到地下的，因此美其名为"老鸹枕头儿"。

　　那一年在南京，到雨花台买了几块小石子，是赭红色的。那一年到大连，又在海滨装了一袋白色的回来。

　　这两次都匆匆忙忙，对于选择石子，可以说是不得要领。

　　在青岛住了一年有余，因为不喜欢下棋、打扑克，不会弹琴、跳舞，不能读书、作文，唯一的消遣和爱好就是捡石子。时间长了，收藏丰富，有一段时间，居然被病友们目为专家。就连我低头走路，竟也被认为是长期从事搜罗工作养成的习惯，这简直是近于开玩笑了。

　　然而，人在寂寞无聊之时，爱上或是迷上了什么，那种劲头，也是难以常情理喻的。不但大气啃明的时候，好在海边溅泥踏水地徘徊寻找；有时刮风下雨，不到海边转转，也好像会有什么损失，就像逛惯了古书店、古董铺的人，一天不去，总觉得会交臂失掉了什么宝物一样。钓鱼者的心情，也是如此的。

初到青岛，也只是捡些小巧、圆滑、杂色的小石子。这些小石子养在水里，五颜六色还有些看头；如果一干，则质地粗糙，颜色也消失，算不得什么稀罕之物了。

后来在第二浴场发现一种质地细腻、色泽如同美玉的小石子，就加意寻找。这种小石子，好像有一定的矿层。在春夏季，海滩积沙厚，没有这种石子。只有在秋冬之季，海水下落，积沙减少，轻涛击岸，才会露出这种蕴藏来，但也很少遇到。当潮水落到一定的地方，沿着水边来回走，看到一点点亮晶晶的苗头，跑过去捡起来，大小不等，有时还残留着一些杂质，像玉之有瑕一样。这种石子一定是包藏在一种岩石之中，经过多年的潮激汐荡，乱石撞击，细沙研磨，才形成现在这种可爱的样式。

有时，如果不注意，如果不把眼光放远一点，它略一显露，潮水再一荡，就又会被细沙所掩盖。当潮水猛涨的时候，站在岸边，抢捡石子，这不只拼着衣服溅上很多海水，甚至还有被海水卷入的危险。

有时，不避风雨，不避寒暑，到距离很远的海滩，去寻找这种石子。但也要潮水和季节适当，才有收获。

我的声誉只是鹊起一时，不久就被一位新来的病友的成绩所掩盖。这位同志，采集石子，是不声不响、不约同伴、近于埋头创作地进行，而且走得远、探得深。很快，他的收藏，就以质地形色兼好著称。石子欣赏家都到他那里去了，我的门庭，顿时冷落下来。在评判时，还要我屈居第二，这当然是无可推辞的。我的兴趣还是很高，每天从海滩回来，口袋里总是沉甸甸的，房间里到处是分门别类的石子。

那时我居住在正阳关路一幢绿色的楼房里。为了安静，我选择了三楼那间孤零零的，虽然矮小一些，但光线很好的房子。在正面窗台上，我摆了一个鱼缸，放满了水，养着我最得意的石子。

在二楼住着一位二十年前我教书时的女学生。她很关心我的养病生活，看见我的房子里堆着很多石子，就劝我养海葵花。她很喜欢这种东西，在她的房间里，饲养着两缸。

一天下午，她借了铁钩水桶，带我到海边退潮后的岩石上，去掏取这种动物。她的手还被附着在石面上的小蛤蜊擦破了。回来，她替我倒出了石子，换上海水，养上海葵花。

"你喜爱这种东西吗？"她坐下来得意地问。

"唔。"

"你的生活太单调了，这对养病是很不好的。我对你讲课印象很深，我总是坐在第一排。你不记得了吧？那时我十七岁。"

晚上，我一个人坐在灯光下，面对着我的学生为我新陈设的景物。我实在不喜欢这种东西，从捉到养，整个过程都不能使我发生兴味。它的生活史和生活方式，在我的头脑里，体现了过去和现在的强盗和女妖的全部伎俩和全部形象。我写了一首《海葵赋》。

青岛，这是世界上少有的风光绮丽的地方。在过去很长一段时间，祖国美丽富饶的地区，有很多都曾经处在帝国主义的铁蹄蹂躏之下。每逢我站在太平角高大的岩石上，四下眺望，脚下澎湃飞溅的海潮，就会自然地使我联想起这里的悲惨的历史。我的心里总有一种沉痛之感，一种激愤之情。

终于，我把海葵花送给了女弟子，在缸里又养上了石子。这样做的结果，是大大辜负女学生的一番盛情、一番好意了。

离开青岛的时候，我把一些自认为名贵的石子带回家里，尘封日久，不但失去了原有的光彩，就是拿在手里，也不像过去那样滑腻，这是因为上面泛出一种盐质，用水都不容易洗去。时过境迁，色衰爱弛，我对它们也失去了兴趣，任凭孩子们抛来掷去，想不到当时全心全力寤寐以求的东西，现在却落到了这般光景。

但它们究竟是和我度过了那一段难言的日子，给过我不少的安慰，帮助我把病养得好了一些。古人把药石针砭并称，这说明石子确是养病期中难得的纯朴有益的伴侣。

一九六二年四月

黄　鹂

——病期琐事

这种鸟儿，在我的家乡好像很少见。童年时，我很迷恋过一阵儿捕捉鸟儿的勾当。但是，无论是春末夏初在麦苗地或油菜地里追逐红靛儿，或是天高气爽的秋季，奔跑在柳树下面网罗虎不拉儿①的时候，都好像没有见过这种鸟儿。它既不在我那小小的村庄后边高大的白杨树上同黧鸡儿②一同鸣叫，也不在村南边那片神秘的大苇塘里和苇咋儿③一块儿筑窠。

初次见到它，是在阜平县的山村。那是抗日战争期间，在不断的炮火洗礼中，有时清晨起来，在茅屋后面或是山脚下的丛林里，我听到了黄鹂的尖利的富有召唤性和启发性的

---

①虎不拉儿：学名叫伯劳鸟，是广泛分布于我国北方的一种候鸟。
②黧鸡儿：雀，郭的一种。
③苇咋儿：学名叫东方大苇莺，是苇莺科苇莺属的鸟类。

啼叫。可是,它们飞起来,迅若流星,在密密的树枝树叶里忽隐忽现,常常是在我仰视的眼前一闪而过,金黄的羽毛上映照着阳光,美丽极了,想多看一眼都很困难。

因为职业的关系,对于美的事物的追求,真是有些奇怪,有时简直近于一种狂热。在战争不暇的日子里,这种观察飞禽走兽的闲情逸致,不知对我的身心情感,起着什么性质的影响。

前几年,终于病了。为了疗养,来到了多年向往的青岛。春天,我移居到离海边很近,只隔着一片杨树林洼地的一幢小楼房里。有很长的一段时间,我一个人住在这里,清晨黄昏,我常常到那杨树林里散步。有一天,我发现有两只黄鹂飞来了。

这一次,它们好像喜爱这里的林木深密幽静,也好像是要在这里产卵孵雏,并不匆匆离开,大有在这里安家落户的意思。

每天,天一发亮,我听到它们的叫声,就轻轻打开窗帘,从楼上可以看见它们互相追逐,互相逗闹,有时候看得淋漓尽致,对我来说,这真是饱享眼福了。

观赏黄鹂,竟成了我的一种日课。一听到它们叫唤,心里就很高兴,视线也就转到杨树上,我很担心它们离此他去。这里是很安静的,甚至有些近于荒凉,它们也许会安心居住下去的。我在树林里徘徊着,仰望着,有时坐在小石凳上谛听着,但总找不到它们的窠巢所在,它们是怎样安排自己的住室和产房的呢?

一天清晨,我又到树林里散步,和我患同一种病症的史同志手里拿着一支猎枪,正在瞄准树上。

"打什么鸟儿?"我赶紧过去问。

"打黄鹂!"老史兴致勃勃地说,"你看看我的枪法。"

这时候,我不想欣赏他的枪技,我但愿他的枪法不准。他瞄了一会儿,黄鹂发觉飞走了。乘此机会,我以老病友的资格,请他不要射击黄鹂,因为我很喜欢这种鸟儿。

我很感激老史同志对友谊的尊重。他立刻答应了我的要求,没有丝毫不平之气,并且说:

"养病嘛,喜欢什么就多看看,多听听。"

这是真诚的同病相怜。他玩猎枪,也是为了养病,能在兴头儿上照顾旁人,这种品质不是很难得吗?

有一次,在东海岸的长堤上,一位穿皮大衣戴皮帽的中年人,只是为了讨取身边女朋友的一笑,就开枪射死了一只回翔在天空的海鸥。一群海鸥受惊远飏,被射死的海鸥落在海面上,被怒涛拍击漂卷。胜利品无法取到,那位女人请在海面上操作的海带培养工人帮助打捞,工人们愤怒地掉头划船而去。这给我留下了深刻的印象。回到房子里,无可奈何地写了几句诗,也终于没有完成,因为契诃夫在好几种作品里写到了这种人。我的笔墨又怎能更多地为他们的业绩生色?在他们的房间里,只挂着契诃夫为他们写的褒词就够了。

惋惜的是,我的朋友的高尚情谊,不能得到这两只惊弓之鸟的理解，它们竟一去不返。从此，清晨起来，白杨萧萧，再也听不到那种清脆的叫声。夏天来了，我忙着到浴场去游泳，渐渐把它们忘掉了。

有一天我去逛鸟市。那地方卖鸟儿的很少了，现在生产第一，游闲事物，相应减少，是很自然的。在一处转角地方，有一个卖鸟笼的老头儿，坐在一条板凳上，手里玩弄着一只黄鹂。黄鹂系在一根木棍上，一会儿悬空吊着，一会儿被拉上来。我站住了，我望着黄鹂，忽然觉得它的焦黄的羽毛，它的嘴眼和爪子，都带有一种凄惨的神气。

"你要吗？多好玩儿！"老头儿望望我问了。

"我不要。"我转身走开了。

我想，这种鸟儿是不能饲养的，它不久会被折磨得死去。这种鸟儿，即使在动物园里，也不能从容地生活下去吧，它需要的天地太宽阔了。

从此，有很长一段时间，我不再想起黄鹂。第二年春季，我到了太湖，在江南，我才理解了"杂花生树，群莺乱飞"这两句文章的好处。

是的，这里的湖光山色，密柳长堤；这里的茂林修竹，桑田苇泊；这里的乍雨乍晴的天气，使我看到了黄鹂的全部美丽，这是一种极致。

是的，它们的啼叫，是要伴着春雨、宿露，它们的飞翔，是要伴着朝霞和彩虹的。这里才是它们真正的家乡，安居乐业的所在。

各种事物都有它的极致。虎啸深山,鱼游潭底,驼走大漠,雁排长空,这就是它们的极致。

在一定的环境里,才能发挥这种极致。这就是形色神态和环境的自然结合和相互发挥,这就是景物一体。典型环境中的典型性格,也可以从这个角度来理解吧。这正是在艺术上不容易遇到的一种境界。

一九六二年四月

残瓷人

　　这是一个小女孩的白瓷造像。小孩梳两条小辫，只穿一条黄色短裤。她一手捧着一只小鸟，一手往小鸟的嘴中送食，这样两手和小鸟，便连成了一体。

　　这是我一九五一年，从国外一个小城市买回的工艺品。那时进城不久，我住在一个大院后面，原来是下人住的小屋里，房间里空空，我把它放在从南市旧货摊上买回的一个樟木盒子里。后来，又放进一些也是从旧货摊上买来的小玩意儿，成了我的百宝箱。

　　有一年，原在冀中的一位老战友来看我。我想起在抗日战争时期，我过封锁线，他是军分区的作战科长，常常派一个侦察员护送我，对我有过好处，一时高兴，就把百宝箱打开，请他挑几件玩意儿。他选了一对日本烧制的小花瓶，当他拿起这个小瓷人的时候，我说：

"这一件不送，我喜欢。"

他就又放下了。为了表示歉意，我送了他一张董寿平的杏花立轴，他高兴极了。

后来，我的东西多了，买了一个玻璃柜，专放瓷器，小瓷人从破木盒升格，也进入里面。"文化大革命"，全被当做四旧抄走了。其实柜子里，既没有中国古董，更没有外国古董。它不过是一件哄小孩的瓷器，底座上标明定价，十六个卢布。

落实政策，瓷器又发还了。这真是有组织有计划的抄家，东西保存得很好，一件也没有损失，小瓷人也很好。

我已经没有心情再玩弄这些东西，我把它们放在一个稻草编的筐子里。一九七六年大地震，我屋里的瓷器，竟没有受损，几个放在书柜上的瓶子，只是倒在柜顶上，并没有滚落下来。小瓷人在草筐里，更是平安无事。

但地震震裂了屋顶。这是旧式房，天花板的装饰很重，一天夜里下雨，屋漏，一大块天花板的边缘部分坠落下来，砸倒了草筐，小瓷人的两只手都断了。

我几经大劫，对任何事物，都没有了惋惜心情。但我不愿有残破的东西，放在眼前身边。于是，我找了些胶水，对着阳光，很仔细地把它的断肢修复，包括几片米粒大小的瓷皮，也粘贴好了。这些年，我修整了很多残书，我发现自己在修修补补方面，很有一些天赋。如果不是现在老眼昏花，我真想到国家的文物部门，去谋个差事。

搬家后，我把小瓷人带人新居，放在书案上。不知为什么，我忽然有些伤感了。我的一生，残破印象太多了，残破意识太浓了。大的如"九一八"以后的国土山河的残破，战争年代的城市村庄的残破。"文化大革命"的文化残破，道德残破。个人的故园残破，亲情残破，爱情残破……我想忘记一切。我又把小瓷人放回筐里去了。

司马迁引老子之言：美好者不祥之器。我曾以为是哲学之至道，美学的大纲。这种想法，当然是不完整的，很不健康的。

一九九二年一月三十日下午，大风

鞋的故事

我幼小时穿的鞋，是母亲做。上小学时，是叔母做，叔母的针线活好，做的鞋我爱穿。结婚以后，当然是爱人做，她的针线活也是很好的。自从我到大城市读书，觉得"家做鞋"土气，就开始买鞋穿了。时间也不长，从抗日战争起，我就又穿农村妇女们做的"军鞋"了。

现在老了，买的鞋总觉得穿着别扭。想弄一双家做鞋，住在这个大城市，离老家又远，没有办法。

在找这里帮忙做饭的柳嫂，是会做针线的，但她里里外外很忙，不好求她。有一年，她的小妹妹从老家来了。听说是要结婚，到这里置办陪送。连买带做，在姐姐家很住了一程子。有时闲下来，柳嫂和我说了不少这个小妹妹的故事。她家很穷苦。她这个小妹妹叫小书绫，因为她最小。在家时，姐姐带小妹妹去浇地，一浇浇到天黑。地里有一座坟，坟头上有很大的狐狸洞,棺木的一端露在外面,白天看着都害怕。天一黑,小书绫就紧抓着姐姐的后衣襟,姐姐走一步,她就跟一步,闹着回家,弄得姐姐没法干活。

现在大了,小书绫却很有心计。婆家是自己找的,订婚以前,她还亲自到婆家私访一次。订婚以后,她除拼命织席以外,还到山沟里去教人家织席。吃带沙子的饭,一个月也不过挣二十元。

我听了以后,很受感动。我有大半辈子在农村度过,对农村女孩子的勤快劳动、质朴聪明,有很深的印象,对她们有一种特殊的感情。可惜进城以后,失去了和她们接触的机会。城市姑娘,虽然漂亮,我与她们终是格格不入。

柳嫂在我这里帮忙,时间很长了。用人就要做人情。我说:"你妹妹结婚,我想送她一些礼物。请你把这点钱带给她,看她还缺什么,叫她自己去买吧!"

柳嫂客气了几句,接受了我的馈赠。过了一个月,妹妹的嫁妆操办好了,在回去的前一天,柳嫂把她带了来。

这女孩子身材长得很匀称,像农村的多数女孩子一样,她的额头上,过早地有了几条不太明显的皱纹。她脸面清秀,嘴唇稍厚一些,嘴角上总是带有一点微笑。她看人时,好斜视,却使人感到有一种深情。

我对她表示欢迎,并叫柳嫂去买一些菜,招待她吃饭。柳嫂又客气了几句,把稀饭煮上以后,还是提起篮子出去了。

小书绫坐在炉子旁边,平日她姐姐坐的那个位置上,看着煮稀饭的锅。我坐在旁边的椅子上。

"你给了我那么多钱,"她安定下来以后,慢慢地说,"我又帮不了你什么忙。"

"怎么帮不了?"我笑着说,"以后我走到那里,你能不给我做顿饭吃?"

"我给你做什么吃呀?"女孩子斜视了我一眼。

"你可以给我做一碗面条。"我说。

我看出,女孩子已经把她的一部分嫁妆穿在身上。她低头撩了撩衣襟说:

"我把你给的钱,买了一件这样的衣服。我也不会说,我怎么谢承你呢?"

我没有看准她究竟买了一件什么衣服,因为那是一件内衣。我忽然想起鞋的事,就半开玩笑地说:"你能不能给我做一双便鞋呢?"

这时她姐姐买菜回来了。她没有说行,也没有说不行,只是很注意地看了看我仲山的脚。

我又把求她做鞋的话,对她姐姐说了一遍。

柳嫂也半开玩笑地说:

"我说哩,你的钱可不能白花呀!"

告别的时候,她的姐姐帮她穿好大衣,箍好围巾,理好鬓发。在灯光之下,这女孩子显得非常漂亮,完全像一个新娘,给我留下了容光照人、不可逼视的印象。

这时,女孩子突然问她姐姐:"我能同他要一张照片吗!"

我高兴地找了一张放大的近照送给她。

过春节时，柳嫂回了一趟老家，带回来妹妹给我做的鞋。

她一边打开包，一边说：

"活儿做得精致极了，下了功夫哩。你快穿穿试试。"

我喜出望外，可惜鞋做得太小了。我懊悔地说：

"我短了一句话，告诉她往大里做就好了。我当时有一搭没一搭，没想她真给做了。"

"我拿到街上，叫人家给拍打拍打，也许可以穿。"柳嫂说。

拍打以后，勉强能穿了。谁知穿了不到两天，一个大脚趾就瘀了血。我还不死心，又当拖鞋穿了一夏天。

我很珍重这双鞋。我知道，自古以来，女孩子做一双鞋送人，是很重的情意。

我还是没有合适的鞋穿。这二年柳嫂不断听到小书绫的消息：她结了婚，生了一个孩子，还是拼命织席，准备盖新房。柳嫂说：

"要不，就再叫小书绫给你做一双，这次告诉她做大些就是了。"

我说："人家有孩子，很忙，不要再去麻烦了。"

柳嫂为人慷慨，好大喜功，终于买了鞋面，写了信，寄去了。

现在又到了冬天，我的屋里又升起了炉子。柳嫂的母亲从老家来，带来了小书绫给我做的第二双鞋，穿着很松快，我很满意。柳嫂有些不满地说："这活儿做得太粗了，远不如上一次。"我想：小书绫上次给我做鞋，是感激之情。这次是情面之情。做了来就很不容易了。我默默地把鞋收好，放到柜子里，和第一双放在一起。

柳嫂又说："小书绫过日子心胜，她男人整天出去贩卖东西。听我母亲说，这双鞋还是她站在院子里，一边看着孩子，一针一线给你做成的哩。眼前，就是农村，也没有人再穿家做鞋了，材料、针线都不好找了。"

她说的都是真情。我们这一代人死了以后，这种鞋就不存在了，长期走过的那条饥饿贫穷、艰难险阻、山穷水尽的道路，也就消失了。农民的生活变得富裕起来，小书绫未来的日子，一定是甜蜜美满的。

那里的大自然风光，女孩子们的纯朴美丽的素质，也许是永存的吧。

一九八四年十二月十六日

晚秋植物记

白蜡树

庭院平台下，有五株白蜡树，五十年代街道搞绿化所植，已有碗口粗。每值晚秋，黄叶飘落，日扫数次不断。余门前一株为雌性，结实如豆荚，因此消耗精力多，其叶黄最早，飘落亦最早，每日早起，几可没足。清扫落叶，为一定之晨课，已三十余年。幼年时，农村练武术者，所持之棍棒，称作白蜡杆，即用此树枝干做成，然眼前树枝颇不直，想用火烤制过。如此，则此树又与历史兵器有关。揭竿而起，殆即此物。

石 榴

前数年买石榴一株，植于瓦盆中。树渐大而盆不易，头重脚轻，每遇风，常常倾倒，盆已有裂纹数处，然尚未碎也。今年左右系以绳索，使之不倾斜。所结果实为酸性，年老不能食，故亦不甚重之。去年结果多，今年休息，只结一小果，南向，得阳光独厚。其色如琥珀、珊瑚，晶莹可爱，昨日剪下，置于橱上，以为观赏之资。

丝 瓜

我好秋声，每年买蝈蝈一只，挂丁纱窗之上，以其鸣叫，能引乡思。每日清晨，赴后院陆家采丝瓜花数枚，以为饲料。

今年心绪不宁，未购养。一日步至后院，见陆家丝瓜花甚为繁茂，地下萎花亦甚多。主人问何以今年未见来采，我心有所凄凄。陆，女同志，与余同从冀中区进城，亦同时住进此院，今皆衰老，而有旧日感情。

瓜 蒌

原为一家一户之庭院，解放后，分给众家众户。这是革命之必然结果。原有之花木山石，破坏糟蹋完毕，乃各占地盘，经营自己之小房屋、小菜园、小花圃，使院中建筑地貌，犬牙交错，形象大变。化整为零，化公为私，盖非一处如此，到处皆然也。工人也好，干部也对，多来自农村，其生活方式、经营思想，无不带有农民习惯，所重者为土地与砖瓦，观庭院中之竞争可知。

我体弱，无力与争。房屋周围之隙地，逐渐为有劳力、有心计者所侵占。唯窗下留有尺寸之地。不甘寂寞，从街头购瓜蒌籽数枚，植之。围以树枝，引以绳索，当年即发蔓结果矣。

幼年时，在乡村小药铺，初见此物，延于墙壁之上，果实垂垂，甚可爱，故首先想到它。当时是独家经营的新品种，同院好花卉者，也竞相种植。

东邻李家，同院中之广种薄收者也。好施肥，每日清晨从厕所中掏出大粪，倾于苗圃，不以为脏。从医院要回瓜蒌秧，长势颇壮，绿化了一个方面。他种的瓜蒌，迟迟不结果，其花为白绒状，其叶亦稍不同，众人嘲笑。李家坚信不疑，请看来年，而来年如故。一王姓客人过而笑曰："此非瓜蒌，乃天花粉也，药材在根部。"此客号称无所不知。

我所植，果实逐年增多，李家仍一个不结。我甚得意，遂去破绳败枝，购置新竹竿搭成高大漂亮架子，使之向空中发展，炫耀于众。出乎意外，今年亦变为李家形状，一个果也没有结出。

幸有一部《本草纲目》，找出查看。好容易才查到瓜蒌条，然亦未得要领，不知其何以有变。是肥料跟不上，还是日光照射不足？是种植几年，就要改种，还是有什么剪枝技术？书上都没有记载。只是长了一些知识：瓜蒌也叫天花粉，并非两种。王客所言，也是只知其一，不知其二。

然我之推理，亦未必全中。阳光如旧，并无新的遮蔽。肥料固然施得不多，证之李家，亦未必因此。如非修剪无术，则必是本身退化，需要再播种一次新的种子了。

种植几年，它对我不再是新鲜物，我对它也有些腻烦。现在既不结果，明年想拔去，利用原架，改种葡萄。但书上说拔除甚不易，其根直入地下，有五六尺之深。这又不是我力所能及的了。

灰　菜

庭院假山，山石被人拉去，乃变为一座垃圾山。我每日照例登临，有所凭吊。今年，因此院成为脏乱死角，街道不断督促，所属机关，才拨款一千元，雇推土机及汽车，把垃圾运走。光滑几天，不久就又砖头瓦块满地。机关原想在空地种些花木，花钱从郊区买了一车肥料，卸在大门口。除院中有心人运些到自己葡萄架下外，当晚一场大雨，全漂到马路上去了。

有一户用碎砖围了一小片地，扬上一些肥料，不知为什么没有继续经营。雨后野草丛生，其中有名灰菜者，现在长到一人多高，远望如灌木。家乡称此菜为"落绿"，煮熟可做菜，余幼年所常食。其灰可浣衣，胜于其他草木灰，故又名灰菜。生命力特强，在此院房顶上，可以长到几尺高。

一九八五年十月八日

鸡　叫

在这个大杂院里，总是有人养鸡。我可以设想：在我们进城以前，建筑这座宅院的主人吴鼎昌，不会想到养鸡；日本占领时期，驻在这里的特务机关，也不会想到养鸡。

其实，我们接收时，也没有想到养鸡。那时院里的亭台楼阁、山石花木，都保留得很好，每天清晨，传达室的老头，还认真地打扫。

养鸡，我记得是"大跃进"以后的事，那时机关已经不在这里办公，迁往新建的大楼，这里相应地改成了"十三级以上"的干部宿舍。这个特殊规定，只是维持了很短的时间，就被打破了，家数越住越多，人也越来越杂。

但开始养鸡的时候，人家还是不多的，确是一些"负责同志"。这些负责同志，都是来自农村，他们的家属，带来一套农村生活的习惯,养鸡当然是其中的一种。不过,当年养起鸡来,并非习惯使然,而是经济使然。"大跃进",使一个鸡蛋涨价到一元人民币,人们都有些浮肿,需要营养,主妇们就想:养只母鸡,下个蛋吧!

我们家,那时也养鸡,没有喂的,冬天给它们剁白菜帮,春天就给它们煮蒜瓣——这是我那老伴的发明。

总之,养鸡在那一定的历史条件下,是权宜之计。不过终于流传下来了,欲禁不能。就像院里那些煤池子和各式各样的随便搭盖的小屋一样。

过去,每逢"五一"或是"十一",就会有街道上的人,来禁止养鸡。有一次还很坚决,第一天来通知,有些人家还迟迟不动;第二天就带了刀来,当场宰掉,把死鸡扔在台阶上。这种果断的禁鸡方式,我也只见过这一回。

有鸡就有鸡叫。我现在老了,一个人睡在屋子里,又好失眠,夜里常常听到后边邻居家的鸡叫。人家的鸡养在什么地方,是什么毛色,我都没有留心过,但听这声音,是很熟悉的,很动人的。说白了,我很爱听鸡叫,尤其是夜间的鸡叫。我以为,在这昼夜喧嚣,人海如潮的大城市,能听到这种富有大籁情趣的声音,是难得的享受。

美中不足的是:这里的鸡叫,没有什么准头。这可能是灯光和噪音干扰了它。鸡是司晨的,晨鸡三唱。这三唱的顺序,应是下一点,下三点,下五点。鸡叫三遍,人们就该起床了。

我十二岁的时候,就在外地求学。每逢假期已满,学校开课之日,母亲总是听着窗外的鸡叫。鸡叫头遍,她就起来给我做饭,鸡叫二遍再把我叫醒。待我长大结婚以后,在外地教书做事,她就把这个差事,交给了我的妻子。一直到我长期离开家乡,参加革命。

乡谚云:不图利名,不打早起。我在农村听到的鸡叫,是伴着晨星,伴着寒露,伴着严霜的。伴着父母妻子对我的期望,伴着我自身青春的奋发。

现在听到的鸡叫,只是唤起我对童年的回忆,对逝去的时光和亲人的思念。

彩云流散了,留在记忆里的,仍是彩云。莺歌远去了,留在耳边的还是莺歌。

一九八七年四月五日清明节

菜　花

　　每年春天，去年冬季贮存下来的大白菜，都近于干枯了，做饭时，常常只用上面的一些嫩叶，根部一大块就放置在那里。一过清明节，有些菜头就会鼓胀起来，俗话叫作"菜怀胎"。

　　慢慢把菜帮剥掉，里面就露出一株连在菜根上的嫩黄菜花，顶上已经布满像一堆小米粒的花蕊。把根部铲平，放在水盆里，安置在书案上，是我书房中的一种开春景观。

　　菜花，亭亭玉立，明丽自然，淡雅清净。它没有香味，因此也就没有什么异味。色彩单调，因此也就没有斑驳。平常得很，就是这种黄色。但普天之下，除去菜花，再也见不到这种黄色了。

　　今年春天，因为忙于搬家，整理书籍，没有闲情栽种一株白菜花。去年冬季，小外孙给我抱来了一个大旱萝卜，家乡叫作"灯笼红"。鲜红可爱，本来想把它雕刻成花篮，撒上小麦种，贮水倒挂，像童年时常做的那样，也因为杂事缠身，胡乱把它埋在一个花盆里了。一开春，它竟一枝独秀，拔出很高的茎子，开了很多的花，还招来不少蜜蜂儿。

这也是一种菜花。它的花，白中略带一点紫色，给人一种清冷的感觉。它的根茎俱在，营养不缺，适于放在院中。正当花开得繁盛之时，被邻家的小孩，揪得七零八落。花的神韵、人的欣赏之情，差不多完全丧失了。

今年春天风大，清明前后，接连几天，刮得天昏地暗，厨房里的光线，尤其不好。有一天，天晴朗了，我发现桌案下面，堆放着蔬菜的地方，有一株白菜花。它不是从菜心那里长出，而是从横放的菜根部长出，像一根老木头长出的直立的新枝。有些花蕾已经开放，耀眼的光明。我高兴极了，把菜帮菜根修了修，放在水盂里。

我的案头，又有一株菜花了。这是天赐之物。

家乡有句歌谣："十里菜花香。"在童年，我见到的菜花，不是一株两株，也不是一亩二亩，是一望无边的。春阳照拂，春风吹动，蜂群轰鸣，一片金黄。那不是白菜花，是油菜花。花色同白菜花是一样的。

一九四六年春天，我从延安回到家乡。经过八年抗日战争，父亲已经很见衰老。见我回来了，他当然很高兴，但也很少和我交谈。有一天，他从地里回来，忽然给我说了一句待对的联语：丁香花，百头，千头，万头。他说完了，也没有叫我去对，只是笑了笑。父亲做了一辈子生意，晚年退休在家，战事期间，照顾一家大小，艰险备尝。对于自己一生挣来的家产，爱护备至，一点也不愿意耗损。那天，是看见地里的油菜长得好，心里高兴，才对我讲起对联的。我没有想到这些，对这副对联，如何对法，也没有兴趣，就只是听着，没有说什么。当时是应该趁老人高兴，和他多谈几句的。

没等油菜结籽，父亲就因为劳动后受寒，得病逝世了。临终，告诉我，把一处闲宅院卖给叔父家，好办理丧事。

现在，我已衰暮，久居城市，故园如梦。面对一株菜花，忽然想起很多往事。往事又像菜花的色味，淡远虚无，不可捉摸，只能引起惆怅。

人的一生，无疑是个大题目。有不少人，竭尽全力，想把它撰写成一篇宏伟的文章。我只能把它写成一篇小文章，一篇像案头菜花一样的散文。菜花也是生命，凡是生命，都可以成为文章的题目。

一九八八年五月二日灯下写讫

告 别
——新年试笔

书 籍

我同书籍,即将分离。我虽非英雄,颇有垓下之感,即无可奈何。

这些书,都是在全国解放以后,来到我家的。最初零零碎碎,中间成套成批。有的来自京沪,有的来自苏杭。最初,我囊中羞涩,也曾交臂相失。中间也曾一掷百金,稍有豪气。

总之,时历三十余年,我同它们,可称故旧。

十年浩劫,我自顾不暇,无心也无力顾及它们。但它们辗转多处,经受折磨、潮湿、践踏、撞破,终于还是回来了。

失去了一些,我有些惋惜,但也不愿再去寻觅它们,因为我失去的东西，比起它们，更多也更重要。

它们回到寒舍以后，我对它们的情感如故。书无分大小、贵贱、古今、新旧，只要是我想保存的，因之也同我共过患难的，一视同仁。洗尘，安置，抚慰，唏嘘，它们大概是已经体味到了。

近几年，又为它们添加了一些新伙伴。当这些新书，进入我的书架，我不再打印章、写名字，只是给它们包裹一层新装，记下到此的岁月。

这是因为，我意识到，我不久就会同它们告别了。我的命运是注定了的。但它们各自的命运，我是不能预知，也不能担保的。

字　画

我有几张字画，无非是吴、齐、陈的作品，也即近代世俗之所爱，说不上什么稀世的珍品。这些画，是六十年代初，我心血来潮，托陈乔同志在北京代购的，那时他任中国历史博物馆副馆长，据说是带了几位专家到画店选购的，当然是不错的了。去年陈乔来家，还问起这几张画来。我告诉他，"文化大革命"时，抄是抄去了，但人家给保存得很好，值得感谢。这些年一直放在柜子里，也不知潮湿了没有，因为我对这些东西，早已经一点兴趣也没有了。陈说，不要糟蹋了，一幅画现在要上千上万啊！我笑了笑。什么东西，一到奇货可居、万人争购之时，我对它的兴趣就索然了。我不大看洛阳纸贵之书，不赴争相参观之地，不信喧嚣一时之论。

当代画家，黄胄同志，送给过我两张毛驴；吴作人同志给我画过一张骆驼；老朋友彦涵给我画了一张朱顶红，是因为我请他向画家们求画，他说："自从批'黑画展'以后，画家们都搁笔不画了，我给你画一张吧。"近些年，因为画价昂贵，我也不敢再求人作画，和彦涵的联系也少了。

值得感谢的，是许麟庐同志，他先送我一张芭蕉，"四人帮"倒台以后，又主动给我画了一张螃蟹、酒壶、白菜和菊花。不过那四只螃蟹，形象实在丑恶，肢体分解，八只大腿，画得像一群小雏鸡。上书：孙犁同志，见之大笑。

天津画家刘止庸，给我写了一副对联，虽然词儿高了一些，有些过奖，我还是装裱好了，张挂室内，以答谢他的厚意。

我向字画告别，也就意味着，向这些书画家告别。

瓶 罐

进城后，我在早市和商场，买了不少旧瓷器，其中有一些是日本瓷器。可能有些假古董，真古董肯定是没有的。因为经过抄家，经过专家看过，每个瓶底上，都贴有鉴定标签，没有一件是古瓷。

不过，有一个青花松竹的瓷罐，原是老伴外婆家物，祖辈相传,搬家来天津时,已为叔父家拿去,后来听说我好这些东西,又给我送来了。抄家时,它装着糖,放在橱架上,未被拿走。经我鉴定,虽然无款,至少是一件明瓷。可惜盖子早就丢失了。

这些瓶瓶罐罐,除去孩子们糟蹋的外,尚有两筐,堆放在闲屋里。

字　帖

原拓只有三希堂。丙寅岁拓,并非最佳之本。然装潢华贵,花梨护板,樟木书箱,似是达官或银行家之物。尚有写好的洒金题签,只贴好一张,其余放在箱内。我买来也没来得及贴好,抄家时丢失了。此外原拓,只有张猛龙碑、龙门二十品等数种,其余都是珂罗版。

汉碑、魏碑。我是按照《艺舟双楫》和《广艺舟双楫》介绍购置的,大体齐备。此外有淳化阁帖半套及晋唐小楷若干种,唐隶唐楷及唐人写经若干种。

罗振玉印的书,我很喜欢,当作字帖购买的有：祝京兆法书、水拓鹤铭、世说新书、智永千文、六朝墓志菁华等。以他的六朝墓志,校其他六朝帖,就会发现,因墓志字小形微,造假者多有。

我本来不会写字,近年也为人写了不少,现在很后悔。愿今后一笔一画,规规矩矩,写些楷字,再有人要,就给他这个，以示真相。他们拿去，会以为是小学生习字，不屑一顾，也就不再来找我了。人本非书家，强写狂乱古怪字体，以邀书家之名；本来写不好文章，强写得稀奇荒诞，以邀作家之名；本来没有什么新见解，故作高深惊人之词，以邀理论家之名，皆不足取。时运一过，随即消亡。一个时代，如果艺术也允许作假冒充，社会情态，尚可问乎？

印　章

还有印章数枚，且有名家作品。一名章，阳文，钱君匋刻，葛文同志代求，石为青田，白色，马纽。一名章，阴文，金禹民作，陈肇同志代求，石为寿山。一藏书章，大卣作，陈乔同志代求，石为青田，酱色。

近几年，一些青年篆刻爱好者，也为我刻了一些图章。

其实，我除了写字，偶尔打个印，装装门面外，在书籍上，是很少盖印了，前面已经提到。古人达观者，用"曾在某斋"等印，其实还有恋恋之意，以为身后，还是会有些影响，这同好在书上用印者，只有五十步之差。不过，也有一点经验。在"文化大革命"时，我有一部《金瓶梅》被抄去，很多人觊觎它，终于是归还了，就是因为每本封面上，都盖有我的名章。印之为物，可小觑乎？

镇 纸

我还有几只镇纸。其中，张志民送我一副人造大理石的，色彩形制很好。柳溪送我一只大理出的，很淡雅。最近杨润身又送我一只，是他的家乡平山做的，很朴厚。

我自己有一副旧玉镇纸，是用六角钱从南市小摊上得到的。每只上刻四个篆字，我认不好。陈乔同志描下来，带回北京，请人辨认，说是"不惜寸阴，而惜尺璧"八个字。陈说，不要用了。

其实，我也很少用这些玩意儿，都是放在柜子里。写字时，随便用块木头，压住纸角也就行了。我之珍惜东西，向有乡下佬吝啬之誉。凡所收藏，皆完整如新，如未触手。后人得之，可证我言。所以有眷恋之情，意亦在此。

以上所记，说明我是玩物丧志吗？不好回答。我就是喜爱这些东西，它们陪伴我几十年。一切适情怡性之物，非必在大而华贵也。要在主客默契，时机相当。心情恶劣，虽名山胜水，不能增一分之快，有时反更添愁闷之情。心情寂寞，虽一草一木也可破闷解忧，如获佳侣。我之于以上长物，关系正是如此。现在分别了，不是小别，而是大别，我无动于衷吗？也不好回答。"文化大革命"时，这些东西，被视为"四旧"，扫荡无余。近年，又有废除一切旧传统之论，倡言者、追随者，被认为新派人物。后果如何，临别之际，也就顾不得那么许多了。

一九八七年一月七日记

看 电 视

▇▇▇▇ 从去年八月间,迁入新居以后,我有了一台电视机。

搬入新居,不同旧地,要有一个人做伴,小孙子来了。他在我身边,很拘束,也很闷,不大安心,我的女儿就把她家换下来的,一台黑白十二吋电视,搬来放在小孙子的房间。

后来,小孙子终于走了,我搬到他的房间睡觉,就享有了这台电视机。

多少年来,我一直没有购置这种玩意儿,也没有正式看过。现在,一个人坐在屋里,暖气烧得很旺,太阳照满全屋,窗明几净,粉壁无瑕,抚今思昔,顿时有一种苦尽甘来、晚景如春之感。这正是需要锦上添花之时,按照小孙子教给我的做法,随手就打开了电视。

有一个大圆球显示在我的眼前,里面在放送音乐。音乐我也听。这两年，我每天晚上听流行音乐；每天早上听西洋名曲。时间长了，还真是听出了一些味道。

听完音乐，不久就是电大的植物学课程，我接着看。这位教授很有学者风度，讲得也好。我在中学就喜欢植物学，考试成绩不错。现在一听这个科，那个目，还是很有兴趣。听着这种课程，我的心情总是非常平静，走进忘我的境界。它不同于看报纸、读文件、听广播。这里没有经济问题，也没有政治问题。没有历史，也没有现实。它不会引起思想波动，思想斗争。它只是说明自然界的进化现象，花和叶的生长规律。没有新观念和旧观念的冲突，意识形态的混乱，以及 修辞造句的胡说八道。

植物学，今天就讲到这里。下面是动物世界。以前很多朋友劝我买电视机，都说：别的不看，新闻联播和动物世界，还是可以看看的。先是海底世界，大鱼吃小鱼；陆上，弱肉强食，有的生角才能保护自己，有的生刺才能得安生。寻食、追逐、交配，赤裸裸的一种凶残、贪婪之象，充满画面。讲解员说：大鱼吃小鱼，是为了自然界的生态平衡，不然小鱼就会臭在海底，对人类不利。既是动物世界，看着看着，就不能不联想到人类：战争、饥荒、洪水、蝗虫，加上地震、人为的灾难，是否也是大自然在冥冥之中，为了生态平衡，而不得不采取的措施？

这是哲学，不愿想，电视也不愿看了。刚要关上，荧光屏上出现了一个白胡子老头。在童年，每逢听故事遇到难题时，就会出现一个白胡子老头。

这是名人名言节目，泰戈尔说：把友谊献给别人，是本身的一种快乐。

我上中学时，就不喜欢动物学，但对文学家的话，还是相信的。

下面是英语教学，这位外国女教师，教得多么好。我从十二岁学习英文，学了整整八年，经历的英文老师，男的女的，有十几位，谁也没有这位女士教得好。我聚精会神地听着，看着。我没有别的野心，不想出国留学，也不想交外国朋友。我只是想证实一下，当初废寝忘食学了那么多年的英文，我现在还记得多少。

各地风光，我也爱看。现在正介绍五台山和尚们的生活。五台山，和尚们，久违了。抗日战争期间，我曾在北台顶一家大寺院，和僧人们睡在一条烧得很暖的炕上，和他们交了朋友，至今念念不忘。

一位故去的女作家曾说：看破红尘的人，是世界上最自私的人。但在逝世前，她又说：她要去成仙成佛了。这使我迷惑不解。据我想：在家出家，做官为民，都要吃饭。庙宇成为旅游胜地之后，香火虽多，却已不是静修之处。

在南北朝时出家，是最阔气的了，那时，不管南方北方，都崇尚佛教，寺庙盖得最讲究，皇帝皇太后都支持。僧尼吃的穿的，实非现在所能比拟。古今僧尼的心态，恐怕也有些不同吧。

当前有一种新口号,叫"迎接挑战"。有的人喊着这种口号,官品越来越高,待遇越来越丰厚,叫的劲头也就越大。他养尊处优,一点战斗的气息也没有,一点危险也没有。这只能看做是时代英雄的"口头禅",远没有僧尼的呢喃可信。

孩子们看见我这样入迷,都很高兴,说:"早就劝你买一台,你就是不买,你看多好,回头换一台彩色的吧!"

一九八九年一月十三日写讫

新居琐记

锁　门

过去，我几乎没有锁门的习惯。年幼时在家里，总是母亲锁门，放学回来，见门锁着进不去，在门外多玩儿一会儿就是了，也不会着急。以后在外求学，用不着锁门；住公寓，自有人代锁。再后，游击山水之间，行踪无定，抬屁股走了事，从来也没有想过，哪里是自己的家门，当然更不会想到上锁。

进城以后，我也很少锁门，顶多在晚上把门插上就是了。去年搬入单元房，锁门成了热话题。朋友们都说：

"千万不能大意呀，要买保险锁，进出都要碰上呀！"

劝告不能不听，但习惯一下改不掉。有一次，送客人，把门碰上了，钥匙却忘在屋里。这还不要紧，厨房里正在蒸着米饭，已有二十分钟之久，再过二十分就有饭糊、锅漏，并引起火灾的危险，但无孔可入。门外彷徨，束手无策，越想越怕，一身大汗。

后来，一下想起儿子那里还有一副钥匙，求人骑车去要了来。万幸，儿子没有外出，不然，必会有一场大难。

"把钥匙装在口袋里！"朋友们又告诫说。

好，装在裤子口袋里。有一天起床，钥匙滑出来，落在床上，没有看见，就碰上门出去了。回来一摸口袋，才又傻了眼。好在这回，屋里没有点着火，不像上次那么着急，再求人去找找儿子就是了。

"用绳子把钥匙系在腰带上！"朋友们又说。

从此，我的腰带上，就系上了一串钥匙，像传说中的齐白石一样。

每一看到我腰里拖下来的这条绳子，我就哭笑不得。我为此，着了两次大急，现在又弄成这般状态，究竟是为了什么。是因为我有了一所房子，有了自己的家门。我的家里，到底有什么宝贵的东西，值得如此戒备森严呢？不就是那些破旧衣服、破旧家具、破旧书画吗？这些东西，也并不是新近置买，不是多年就有了吗？"环境不同了，时代不同了。"朋友们说。我觉得是自己和过去不同了，心理上有些变化了。

我已经停止了云游的生活，我已经失去了四大皆空的皈依,我已经返回人间世俗。总之,一把锁把我的心紧紧锁起,使它同以往的大自然,大自由,大自在,都断绝了关系。

我曾经打断身上的桎梏,现在又给自己系上了绳索。

我曾经从这里出走,现在又回到这里来了。

一九九〇年二月五日,昨日立春

民　工

搬到新住宅里,常常遇到所谓民工。他们成群结队,或是三三两两,在我住的楼下走过。其中有不少乡音,他们多来自河北省。他们有的是建筑业,盖高楼大厦;也有的做临时小工。在旧社会,农民是很少进城市的;他们不是不想进城,是进城找不到活儿干。只能死守在家里,而家里又没有地种。因此,酿成种种悲剧。这是我在农村时经常见到的。

现在城市,各行各业,都愿意用民工:听话,态度好,昼夜苦干。听说,每年挣钱不少,不少人在家里,盖了新房,娶了媳妇。

农民的活路有了、多了,我心里很高兴。

但我很少和他们交谈。因为我老了。另外,现在的农民,也不会听到乡音就停下来,和你打招呼,表示亲近,他们已经见过大世面了。

我不常下楼,在楼上见到的,多是那些做临时活儿的民工。

他们在楼下栽了很多树，铺了大片草地，又搭了一个藤萝架，竖了山石。树，都是名贵树种，山石也很讲究，这都要花很多钱。

正在炎夏，民工们浇水很用心，很长的胶皮水管，扯来扯去。

其中有一个民工，还带着家眷。民工，四十来岁，黑红脸膛，长得粗壮，看见生人，还有些羞怯。他爱人，长得也很结实，却大方自然，什么也不在乎的样子。小男孩有六七岁了。

最初，只是民工一个人干活，老婆不是守在他的身边，就是在附近捡些破烂，例如铁丝、塑料、废纸等物。收买这些废品的小贩，也是川流不息的，她捡到一些，随手就可以换钱，给孩子买冰棍吃。那小孩却有时帮他父亲浇浇花。

我有些旧想法，原以为这个农民，可能在村里出了什么事，待不住才携家带口，来到城市的。有一天清晨，我在马路上遇到他们，男的扛着一把铁锹走在前面，母子两人，紧跟在后，说说笑笑，上工去了。

他们睡在哪里，我不知道，夏天在这里随便就可以找到栖身之地的。中午，妇女找一片破席子，铺在马路边新栽的垂柳下面，买来几个面包、两瓶汽水，一家人吃喝休息，也是表现得很快活的。面对如流的豪华车辆、各路的人物精英，无动于衷，甚至是不屑一顾。他们是真正的自食其力者。

我想，这也是家庭，这也是天伦之乐，也不一定就比这些高楼里的住户，更多一些烦恼愁苦。

过了些日子，农妇也上班了，是拔草，提着一个破筐，把草地里的杂草拔掉放在里面，半天也装不满一筐，这活儿是够轻松的了。

但秋天来了，我就见不到他们了，可能回家去了，也可能到别的地方干活去了。

一九九〇年二月七日下午

装　修

早起，黄昏，我在楼群散步时，就常常联想起，当年走在深山峡谷的情景。那时中间是流水，周围是鸟语花香，一片寂静。现在是如流的汽车，排放着废气，此起彼落，是电焊、电钻的噪声。不禁喟然叹道：毕竟是现代化了啊！

过去住大杂院，所谓干扰，不过是邻居盖小房，做家具，小孩子哭闹，都属于传统性质，是习惯了的。

我不怕自然界的声响，我认为：无论雷电轰鸣，狂风怒吼，洪水暴发，山崩地裂，都是一种天籁，一种自然景观。我唯怕恶人恶声，每听到见到，必掩耳而走，退避三舍。这次搬家，有一个原因，就在于此。现在电焊电钻的声音，还有凿洋灰地的声音，一户动工，万家震动，也令人不安。

然而这是没法躲避的。人们都在装修自己的住宅。里里外外，都要装修。家家户户，都要装修。其范围甚广，其时间不一，其爱好不同。然要现代化，如装太阳能、热水器、排风扇、电话、闭路电视，则无一项不需要焊、钻。且住户是陆续搬来，人手和材料的配备有先后，有人预计：全楼群安装妥帖，定在两年以后了。

我于是大恐。春节，有一位现代化友人来访，曾与他就此事交谈，兹录其要：

主：这房不是很好吗？这不都是公产吗？为什么还要这样折腾？

客：为的住着舒适阔气啊。现在分什么公私，公也是私，私也是公。

主：过去，有很多同志，放弃瓦舍千间，奔走革命，露宿荒野，住的是泥房、草屋、山洞、地洞。现在年近就木，又何必在这低矮狭窄的小天地里，费如此大的心思呢？

客：人各有志，志有多变。不能强求。且系新潮，势难阻挡。

主：为什么在盖房时，不预先把这些东西安装好？

客：这是国情。即使都安装好，他还是要鼓捣。现代化是不断更新，无止无休的呀！

主：这里住的不都是老年人吗？如果有人患心脏病，这种声音，他受得了吗？

客：老年人在这里，究竟还是少数，子女们多。至于患病的，那就更是个别的了。不会有人去注意。

我们的谈话，实际是不得要领。但客人说的"新潮"二字,最有启发性。新潮的到来,绝不是空谷穴风,总是有它到来的道理的。潮,总是以相反的形式,互相替代的。

明白人总是顺应新潮。弄潮儿之可贵,就在于此。

苏子曰:"夫时有可否,物有废兴。方其所安,虽暴君不能废;及其既厌,虽圣人不能复。故风俗之变,法制随之。譬如江河之徙移,强而复之,则难为力。"

反复斯言,我当有所醒悟了。

一九九〇年二月五日下午

楼居随笔

观 垂 柳

农谚："七九、八九，隔河观柳。"身居大城市，年老不能远行，是享受不到这种情景了。但我住的楼后面，小马路两旁，栽种的却是垂柳。

这是去年春季，由农村来的民工经手栽的。他们比城里人用心、负责，隔几天就浇一次水。所以，虽说这一带土质不好，其他花卉死了不少，这些小柳树，经过一个冬季，经过儿童们的攀折、汽车的碰撞、骡马的啃噬，还算是成活了不少。两场春雨过后，都已经发芽，充满绿意了。

我自幼就喜欢小树。童年的春天，在野地玩儿，见到一棵小杏树、小桃树，甚至小槐树、小榆树，都要小心翼翼地移到自家的庭院去。但不记得有多少株成活、成材。

柳树是不用特意去寻觅的。我的家乡，多是沙土地，又好发水，柳树都是自己长出来的，只要不妨碍农活，人们就把它留了下来，它也很快就长得高大了。每个村子的周围，都有高大的柳树，这是平原的一大奇观。走在路上，四周观望，看不见村庄房舍，看到的，都是黑压压、雾沉沉的柳树。平原大地，就是柳树的天下。

柳树是一种梦幻的树。它的枝条叶子和飞絮，都是轻浮的，柔软的，缭绕、挑逗着人的情怀。

这种景象，在我的头脑中，就要像梦境一样消失了。楼下的小垂柳，只能引起我短暂的回忆。

一九九〇年四月五日晨

观 藤 萝

楼前的小庭院里，精心设计了一个走廊形的藤萝架。去年夏天，五六个民工，费了很多时日，才算架起来了。然后运来了树苗，在两旁各栽种一排。树苗很细，只有筷子那样粗，用塑料绳系在架上，及时浇灌，多数成活了。

冬天，民工不见了，藤萝苗又都散落到地上，任人践踏。

幸好，前天来了一群园林处的妇女，带着一捆别的爬蔓的树苗，和藤萝埋在一起，也和藤萝一块儿又系到架上去了。

系上就走了，也没有浇水。

进城初期，很多讲究的庭院，都有藤萝架。我住过的大院里就有两架，一架方形，一架圆形，都是用钢筋水泥做的，和现在观看到的一样，藤身有碗口粗，每年春天，都开很多花，然后结很多果。因为大院不久就变成了大杂院，没人管理，又没有规章制度，藤萝很快就被作践死了，架也被人拆去，地方也被当作别用。

当时建造、种植它的人，是几多经营，藤身长到碗口粗细，也确非一日之功。一旦根断花消，也确给人以沧海桑田之感。

一件东西的成长，是很不容易的，要用很多人工、财力。一件东西的破坏，只要一个不逞之徒的私心一动，就可完事了。他们对于"化公为私"，是处心积虑的、无所不为的，办法和手段，也是很多的。

近些年，有人轻易地破坏了很多已经长成的东西。现在又不得不种植新的、小的。我们失去的，是一颗道德之心。再培养这颗心，是更艰难的。

新种的藤萝，也不一定乐观。因为我看见：养苗的不管移栽，移栽的又不管死沽，即使活了，又没有人认真地管理。公家之物，还是没有主儿的东西。

一九九〇年四月五日晨

听 乡 音

乡音,就是水土之音。

我自幼离乡背井,稍长奔走四方,后居大城市,与五方之人杂处,所以,对于谁是什么口音,从来不大注意。自己的口音,变了多少,也不知道。只是对于来自乡下,却强学城市口音的人,听来觉得不舒服而已。

这个城市的土著口音,说不上好听,但我也习惯了。只是"文革"期间,我们迁移到另一个居民区时,老伴忽然对我说:

"为什么这里的人,说话这样难听?"

我想她是情绪不好,加上别人对她不客气所致,因此未加可否。

现在搬到新居,周围有很多老干部,散步时,常常听到乡音。但是大家相忘江湖已经很久了,就很少有上前招呼的热情了。

我每天晚上,八点钟就要上床,其实并睡不着,有时就把收音机放在床头。有一次调整收音机,河北电台忽然传出说西河大鼓的声音,就听了一段,说的是《呼家将》。

我幼年时,曾在本村听过半部呼延庆打擂,没有打擂,说书的就回家过年去了。现在说的是打擂以后的事,最热闹的场面,是命定听不到了。西河大鼓,是我们那里流行的一种说书,它那鼓、板、三弦的配合音响,一听就使人入迷,这也算是一种乡音。说书的是一位女艺人。

最难得的,是书说完了,有一段广告,由一位女同志广播。她的声音,突然唤醒我对家乡的迷恋和热爱。虽然她的口音已经标准化,广告词也每天相同,但她的广告,还是成为我一个冬季的保留欣赏节目,每晚必听,一直到《呼家将》全书完毕。

这证明,我还是依恋故土的、思念家乡的、渴望听到乡音的。

一九九〇年四月五日下午

听 风 声

楼居怕风,这在过去,是没有体会的。过去住老旧的平房,是怕下雨。一下雨,就担心漏房。雨还是每年下,房还是每年漏。就那么夜不安眠地,过了好些年。

现在住的是新楼,而且是墙壁甫干、街道未平,就搬进来住了。又住中层,确是不会有漏房之忧了,高枕安眠吧。谁知又不然,夜里听到了极可怕的风声。

春季,尤其厉害。我们的楼房,处在五条小马路的交叉点,风无论往哪个方向来,它总要迎战两个或三个风口的风力。加上楼房又高,距离又近,类似高山峡谷,大大增加了风的威力。其吼鸣之声,如惊涛骇浪,实在可怕,尤其是在夜晚。

可怕，不出去也就是了，闭上眼睡觉吧！问题在于，如果有哪一处门窗没有上好，就有被刮开的危险。而一处洞开，则全部窗门乱动，披衣去关，已经来不及，摔碎玻璃事小，极容易伤风感冒。

所以，每逢入睡之前，我必须检查全部门窗。

我老了，听着这种风声，是难以入睡的。

其实，这种风，如果放到平原大地上去，也不过是春风吹拂而已。我幼年时，并不怕风。春天在野地里砍草，遇到顶天立地的大旋风过来，我敢迎着上，钻进去。

后来，我就越来越怕风了。这不是指风的实质，而是指风的象征。

在风雨飘摇中，我度过了半个世纪。风吹草动，草木皆兵。这种体验，不只在抗日、防御残暴的敌人时有，在"文革"，担心小人的暗算时也有。

我很少有安眠的夜晚、幸福的夜晚。

一九九〇年四月七日晨

第五辑·谈

客观地记下几次见闻,自己不下任何主观结论,叫读者从中形成自己的印象。这种写法,也可以说这种艺术手段,就必然比那种大惊小怪,急于赞美,并有意无意中显示点自己的什么写法,高出一等。

我读这种文章,内心是愉快的,也是明净的,就像观望清泉飞瀑一样。

——《谈"印象记"》

凡艺术，皆贵玄远，求其神韵，不尚胶滞。

———《谈美》

关于《荷花淀》的写作

《荷花淀》最初发表在延安《解放日报》的副刊上，是 1945 年春天，那时我在延安鲁迅艺术文学院学习和工作。

这篇小说引起延安读者的注意，我想是因为同志们长年在西北高原工作，习惯于那里的大风沙的气候，忽然见到关于白洋淀水乡的描写，刮来的是带有荷花杏味的风，于是情不自禁地感到新鲜吧。当然，这不是最主要的，是献身于抗日的战士们，看到我们的抗日根据地不断扩大，群众的抗日决心日益坚决，而妇女们的抗日情绪也如此令人鼓舞，因此就对这篇小说发生了喜爱的心。

白洋淀地区属于冀中抗日根据地。冀中平原的抗战，以其所处的形势，所起的作用，所经受的考验，早已为全国人民所瞩目。

但是，这里的人民的觉醒，也是有一个过程的。这一带地方，自从"九一八"事变以来，就屡屡感到日本帝国主义的威胁。卢沟桥事变不久，敌人的铁蹄就踏进了这个地区。这是敌人强加给中国人民的一场大灾难。而在这个紧急的时刻，国民党放弃了这一带国土，仓皇南逃。

农民的爱国心和民族自尊心是非常强烈的。他们面对的现实是：强敌压境，自己的生命，自己的家园，自己的妻子儿女，都没有了保障。他们要求保家卫国，他们要求武装抗日。

共产党和八路军及时领导了这一带广大农民的抗日运动。这是风起云涌的民族革命战争，每一个人都在这场斗争中献出了自己的全部力量。

在抗日的旗帜下，男女老少都动员起来了，面对的是最残暴的敌人。不抵抗政策早已被人们唾弃。他们知道：凡是敌人，如果你对他抱有幻想，不去抵抗，其后果，都是要不堪设想，无法补偿的。

这是全民战争。那时的动员口号是：有人出人，有枪出枪，有钱出钱，有力出力。

农民的乡土观念是很重的。热土难离，更何况抛妻别了。但是青年农民，在各个村庄，都成群结队地走上抗日前线。那时，我们的武装组织有区小队、县大队、地区支队、纵队。党照顾农民的家乡观念，逐步逐级地引导他们成为野战军。

农民抗日，完全出于自愿。他们热爱自己的家、自己的父母妻子。他们当兵打仗，正是为了保卫他们。暂时的分别，正是为了将来的团聚。父母妻子也是这样想。

当时，一个老太太喂着一只心爱的母鸡，她就会想到：如果儿子不去打仗，不只她自己活不成，她手里的这只母鸡也活不成。一个小男孩放牧着一只小山羊，他也会想到：如果父亲不去打仗，不只他自己不能活，他牵着的这只小山羊也不能活。

至于那些青年妇女，我已经屡次声言，她们在抗日战争年代，所表现的识大体、乐观主义以及献身精神，使我衷心敬佩到五体投地的程度。

《荷花淀》所写的，就是这一时代，我的家乡，家家户户的平常故事。它不是传奇故事，我是按照生活的顺序写下来的，事先并没有什么情节安排。

白洋淀属于冀中区，但距离我的故乡，还有很远的路。一九三六年到一九三七年，我在白洋淀附近，教了一年小学。清晨黄昏，我有机会熟悉这一带的风土和人民的劳动、生活。

抗日战争时期，我主要是在平汉路西的山里工作。从冀中平原来的同志，曾向我讲了两个战斗故事：一个是关于地道的，一个是关于水淀的。前者，我写成一篇《第一个洞》，这篇稿子丢失了。后者就是《荷花淀》。

我在延安的窑洞里一盏油灯下，用自制的墨水和草纸写成这篇小说。我离开家乡、父母、妻子，已经八年了。我很想念他们，也很想念冀中。打败日本帝国主义的信心是坚定的,但还难预料哪年哪月,才能重返故乡。

可以自信,我在写作这篇作品时的思想、感情,和我所处的时代,或人民对作者的要求,不会有任何不符拍节之处,完全是一致的。

我写出了自己的感情,就是写出了所有离家抗日战士的感情,所有送走自己儿子、丈夫的人们的感情。我表现的感情是发自内心的,每个和我生活经历相同的人,就会受到感动。

文学必须取信于当时,方能传信于后世。如在当代被公认为是诳言,它的寿命是不能长久的。时间检验了这篇五千字上下的小作品,使它得以流传到现在。过去的一些争论,一些责难,现在好像也不存在了。

冀中区的人民,在八年抗日战争中做出重大贡献,忍受重大灾难,蒙受重大损失。他们的事迹,必然要在文学上得到辉煌的反映,流传后世。《荷花淀》所反映的,只是生活的一鳞半爪。关于白洋淀的创作,正在方兴未艾,后来者应该居上。

一九七八年十一月五日草成

写作漫谈
——在暑期讲座上对同学们讲的话

我感觉，给同学们做报告，它的作用并不能像你们所称许的那样大。过去，我也对同学们讲过几次，觉得讲不好，后来就很少讲。这次，我已经说过，你们不要希望太大，我们只是随便谈谈，就我所知道的谈谈。

根据你们提出的问题，今天，我主要谈的是中学时期学习写东西，应该怎样写，应该抱什么态度。并且，按照你们的要求，也谈谈我在中学的时候，是怎样学习写作的。这样谈，我希望对你们会亲切一点，也希望对你们有些帮助。虽然，关于我自己实在并没有什么好谈的。

在中学时期学习写东西，容易发生两种情况：一种是感觉作文很容易，另一种是感觉太困难。感觉容易，对于写作这一种劳动，就不能充分地理解，不能切实努力地去做。感觉这工作太困难，对于一些作家、作品，也就只能产生好奇的看法，感觉一个作家的身份很高、很神秘，是个了不起的人物。其不能正确地理解写作这一劳动，和上面一种是相同的。在青年时期，容易产生这两种态度，也是必然的。我不是批评你们，但是我感觉这种态度可以改正。这种态度，不只是对于文学工作不利，对于观察、评定一切事物、一切的人，从事任何的工作，都是不正确的、有妨碍的，不能获得成就的。

什么是文学工作？它的特点是什么？做这种工作要具备哪些条件？

文学工作必须具备的基本条件是：文字技术和生活基础。生活基础包括政治认识。在中学时期，我认为首先应该学习掌握祖国语言文字的规律，在中学时期应该打下文字技术的基础，初步认识语言文字创作的法则，积累生活。革命的生活的修养，当然也是重要的，但生活，主要是靠我们毕业以后在工作中去积累。中学时期也可以积累一些生活，而且我们的童年的体验，将会是创作中宝贵的积蓄。但是，这样讲还是抽象的。我觉得，要想把文章做好，起码的条件是要爱好文学，喜欢文学作品。我在中学的时候，我忘记了是什么原因，我很喜欢文学，在许多课程中，特别喜欢国文这一课，当然偏重一门功课是很不好的。这也许是当我考上中学，第一次作文时，老师鼓励了我，因此，使我觉得国文老师特别可亲，认为应该把文章做好，才不辜负老师对我的鼓励。每次作文之前，我总是想好两三个腹稿，老师出了题目，常常有一个题目和我想好的故事内容相符合。一篇故事的题目是好安上的，这个方法很有效果。我们的学校有校刊，后面有文艺栏，经常登些学生的作文。我有些作品也被选登在校刊上，这对我是很大的鼓励。中学时期，适当的鼓励大概是很重要的。你们学校里如果有刊物，对你们的作文一定有很大的帮助。

在中学的时候，我读了一些文学书籍，慢慢地我有个朦胧的理想，希望将来能卖文为生。说得冠冕一点，就是当一个作家。中学毕业以后，因为境遇不好，我没有升学，就抱着那个目的到北京了。我住在石驸马大街的一个小公寓里，所过的生活，形式上颇类似一个作家。我也给报纸投稿。那时北京有《世界日报》《晨报》，天津有《大公报》《益世报》等。我开始是写诗和小说，但很长的时间，一篇也没有被采用刊登，我觉得不行，才改变方针，找到一个职业。但我并没有完全失望，还是继续买书看书，我想，创作困难，理论或许容易些，我看了不少文艺理论和社会科学的书籍。那时，左联正对胡秋原、苏汶等论战，我当时站在左翼的立场，也写了自己觉得很尖锐、实际上只有一个左的面貌的文章。这些东西也没有被选用。不久我又后退一步，开始写电影评介、新书评介，哪里开展览会、游艺会，我就买门票参观，回来就写介绍。报纸大概需要这样的东西，竟然被选登了几篇。

抗战以前，我对文学工作虽然抱了那么大的希望，但得到的成绩就是这样，这一定使你们大失所望了。

如果你们认为我也是一个作家，我发表文章，是从抗日战争以后开始的。开始我是编辑刊物、教书，一九四一年我在晋察冀边区以记者的身份出去，才开始创作。因为抗战以后，我的生活才开始丰富，我的认识、我的思想和感情才开始提高，才有了写东西的一点本钱，作品才能得到发表。

我感到需要说明的就是：你们在上中学的时候，应该努力打好文字的基础，一旦和生活结合起来，就能够写出一些东西。

虽然我个人的经历不足为训，但是从这里你们也可以知道，即便是微小的成绩，也不是轻而易举就可以得到的。

其次，我们也不要把写作看成是多么了不起超凡出众的事。当然，作家里有很多了不起的人物，但并不是每个人都是英雄的化身。不要把写作看得很神秘。主要的，是要有一定的努力，一定的文字技巧和一定的生活经历。而生活的经历越丰富，文学的成就也就可能越高。你们现在是学习阶段，你们的成绩，和老师对你们的鼓励和帮助有关。

你们所提到的《白洋淀边一次小斗争》这篇文章，我记得是我到延安以后写出来的，比写《荷花淀》略早一些。在中学课本选用了它，但我一直没有看到，所以有些情节已经记得不很真切了。

有人问，那篇作品中的情节是不是完全真实、我亲身经历的？那篇文章的具体情节并不完全是真实的，那篇文章中的我，也不真是我自己。但那种艰苦生活，譬如两条腿在泥里拔来拔去，甚至比这个更艰苦的生活，我是经历了的。文章里边的生活基础，我是有的。但是关于那一次的斗争的描写，中间有很多想象。但也并非完全虚构，因为类似这样的斗争，这样的人物，我见过很多。这不能机械地理解，不能认为是真的，就伟大，是虚构的，就毫无价值。当然作家最好就是他作品中的那个英雄，这样同学们才最有兴味。但既然不是这样，也只好照实说，不怕使你们失望了。

白洋淀那些渔民们的生活我经历过一些，至于说到这篇作品是从正面取材呢，还是从侧面取材，这就很难说了。我觉得这篇东西的取材还是正面的（我的说法也可能和你们老师的说法有些出入，这也没有什么关系）。在叙述上也没有什么奥妙的地方。一位教师同志曾给我打电话说："你的文章的写法很好，文章一开始用插叙，用对话，然后引出人物……"在写作的时候，我确实并没有想到这些。一般的，写一篇短文章，我是不大考虑这些方法问题的。实际过程是这样：我想写一篇白洋淀的故事，首先出现的鲜明印象，就是那个女孩子从苇垛上站立起来的姿势。但这一形象是放在文章的最后面了。我不能一开始就叫她跳起来，因为那就没有故事了。我要从别的人物别的生活写起。从老头子写到他的鱼鹰，从鱼鹰写到鸡，鸡钻进苇垛，引出那个女孩子来。这些联想是很快很自然地发生的。这些联想是由生活的积累决定的。你们在写文章时感到很困难,感到没话可说,或是只能喊口号,那是因为你们的生活还不够丰富,不能由一点东西联想到许多东西,不能触类旁通。我想,你们现在写文章遇到一些困难,不要害怕。因为你们还没有很多的准备。将来你们的生活丰富了,"仓库"里储藏了很多东西,就可以开始写东西了。

你们提出:什么是作家最大的快乐,是不是有痛苦的问题。在今天做一个作家,应该说是最愉快的了。因为有这么多的人爱护和关心这一工作。

我觉得,在报社里当编辑,在学校里当教员,在生活里从事写作,都是一样的。人们所以对作家有些好奇,我觉得这是因为中国写东西的人还不够多。譬如在我们乡下轻易看不到一辆汽车,一旦发现一辆,孩子们都跟在汽车后边跑。在天津的孩子们就不这样。如果我们的作家一旦和大都市的公共汽车一样,人人可坐,大家就知道这种工作的性质了。

写作和做别的工作一样,当你的作品发表了以后,听到别人说:"还不错,对我们有些帮助!"得到了别人的承认和赞许的时候,作家是最愉快的。但在创作的整个过程中,心情是沉重的。也许写作这种工作,感到沉重的时间长,感到轻松的时间短一些吧。当然也有一边写作一边歌唱的时候。这个工作,对我来说是感到很沉重的。

读者对于作品的要求,也是越来越高的,这是当然的。他们希望我们的第二部作品要比第一部作品好。但是写起来,却常常是第二部不如第一部,这就不能尽情地欢畅了。

你们应该养成对一个作家、一篇作品的切实的看法。如果有人给我们介绍一本书,我们要认真地看完,切实地学习,不要只听人家说这本书好,自己没有看,也就跟着说这本书好,人家说这本书坏,也跟着说这本书坏。如果不看,就跟着喊,那就很难从人数上评定这本书的声价了。每篇文章,每一本书,像每一个人一样,都有它的特点,都有它的性格,在这一方面有它的缺点,在那一方面也许有它的长处。我们不能用抽象的尺度去衡量一切的作品,这是不能衡量的。对于一篇作品,应该经过研究讨论,在老师的指导下,吸收对于自己有益的东西。

一九五四年八月九日

读萧红作品记

■■■大概是前两个月吧，一位相识者去东北参加纪念萧红的会，回到北京，曾给我来信，要我谈谈萧红作品的魅力所在，探索一下她在文学创作中的"奥秘"，这确实不是我的学力所能完卷的。不过，我总记着这件事。近日稍闲，从一位同志那里借来一册《萧红文选》，一边读着，一边记下自己的感触。

此书后面附有鲁迅写的《〈生死场〉序》和茅盾写的《〈呼兰河传〉序》，对于萧红，评价最为得当。特别是鲁迅的文章，虽然很短，虽然乍看来是谈些与题无关的话，其实句句都是萧红作品的真实注脚，不只一语道破她在创作上的特点、优长及缺短，而且着重点染了萧红作品产生的时代。一针见血，十分沉痛。文艺评论写到这样深刻的程度，可叹为观止。

对于萧红的作品，鲁迅是这样说的：

这自然不过是略图,叙事和写景,胜于人物的描写,然而北方人民对于生活的坚强,对于死的挣扎,却往往已经力透纸背;女性作者的细致的观察和越轨的笔致,又增加了不少明丽和新鲜。精神是健全的,就是深恶文艺和功利有关的人,如果看起来,他不幸得很,他也难免不能毫无所得。

茅盾对萧红的作品,是这样说的:

而且我们不也可以说:要点不在《呼兰河传》不像是一部严格意义的小说,而在它于这"不像"之外,还有些别的东西——一些比"像"一部小说更为"诱人"些的东西,它是一篇叙事诗,一幅多彩的风土画,一串凄婉的歌谣。

我是主张述而不作的,关于萧红,我还能有什么话说呢?人们常把萧红和鲁迅联系起来,这是对的。鲁迅对于她,有过很大的帮助。但不能像现在有人理解的:"没有鲁迅就没有萧红。"先有良马而后有伯乐。萧红是带着《生死场》原稿去见鲁迅的。鲁迅为她的书写了序,说明她是一匹良马。

鲁迅对她的帮助并非从这一篇序言开始,我们应该探索萧红创作之源。鲁迅以自身开辟的文学道路,包括创作和译作,教育了萧红,这对她才是最大的帮助。

我现在读着萧红的作品,就常常看到和想到,她吸取的一直是鲁门的乳汁。其中有鲁迅散文的特色,鲁迅所介绍的国外小说,特别是苏联十月革命时代的聂维洛夫、绥甫琳娜等人短篇小说的特色。

但更重要的是她走在鲁迅开辟的现实主义道路上。她对时代是有浓烈的情感的,她对周围现实的观察是深刻的,体贴入微的,她对国家民族是有强烈的责任感的。但她不做空洞的政治呼喊,不制造虚假的生活模型。她所写的,都是她乡土的故事。文学创作虚假编造,虽出自革命的动机,尚不能久存,况并非为了大众,贪图私利者所为乎。

萧红的创作生活,开始于一九三三年,而其对文学发生兴趣,则从一九二九年开始。此时,苏联文学中"左"的倾向正受批判。同路人文学,开始介绍到中国来。鲁迅、曹靖华、瞿秋白等人翻译的《竖琴》和《一天的工作》两书,其中同路人作品占很大比重。同路人作家同情十月革命,有创作经验,注意技巧,继承俄国现实主义传统。他们描写革命的现实,首先通过对现实生活的描述。较之当时一些党员作家,只注意政治内容,把文艺当作单纯的宣传手段者,感人更深,对革命也更有益。在我国,一九三〇年以后,经过鲁迅和太阳社的论战,文艺创作也渐渐走上踏实的、注意反映现实生活的道路。不久,鲁迅等人创办《译文》杂志,进一步又介绍了普希金等人的国外现实主义的古典著作,大大开拓了中国文学青年的视野,并有了营养丰富的食品。萧红的作品明显地受到同路人作家的影响,她一开始,就表现了深刻反映现实的才能。当然,她的道路,也可能有因为不太关心政治,缺少革命生活的实践和锻炼,在失去与广大人民共同吐纳的机会以后,就感到了孤寂,加深了忧郁,反映在作品中,甚至影响了她的生命。

"五四"以来,中国的女作家,在文坛之上,一呈身形,而立即被广大青年群起膜拜于裙下者,厥有三人:冰心、丁玲、萧红。当然,这与其说是追慕女作家,不如说是追慕进步思想,追慕革命。冰心崛起京华,乃"五四"启蒙运动的产物;丁玲崛起湖南,乃第一次国内革命战争的产物;萧红崛起哈尔滨,乃东北沦陷、民族危难深重时期的产物。时代变革之时,总是要产生它的歌手的。多难兴邦,济济多士。伟大的时代,在暴风雨中,产生海燕之歌,产生伟大的作家。太平盛世,多靡靡之音。这是文学历史上的常见现象。但像"文化大革命"这样人为的、祸国殃民的所谓"革命",是不会也不能陶铸出它自己的"作家"来的,有之,则将是批判的现实主义作品。

现在是八十年代,我读着萧红写于三十年代之初的作品。

她所写的生活,她的行文的语法,多少有些陌生了。但它究竟使我回忆起冰天雪地、八年抗战,使我想起了多少仁人志士前仆后继的牺牲,使我记起《大刀进行曲》的雄壮歌声。但在我的周围,四邻八家的青年们,正在用录音机大声地,翻来覆去地，无止无休地，播送着三十年代为革命青年所不齿的《桃花江》《毛毛雨》。就是听到重播的革命歌曲，也不复是当年的气派。才知道任何文艺作品，离开了那个时代，没有共同的感情，就只能领略其毛皮而已。以上种种，真使我就废卷叹息，有不胜今昔之感了。

中国封建历史悠久，女作家寥若晨星，而对于她们的作品，特别是有关她们的身世，评论界多不实之词。有庸俗的作家，就有庸俗的批评家。但对于像萧红这样革命而严肃的现实主义作家，那种习惯于把捧作家和捧戏子同等看待的无聊之辈，是不敢轻易佛头着粪的。

萧红可爱之处，在于写作态度赤诚，不做自欺欺人之谈。其作品的魅力，也可以说止于此了。评论家最好也作如是想，要正心诚意。有些评论家，几十年来，常常要求作家创造"新的人"，但想来想去，究竟不明白他们所要求的新人，是何等样人？而他们所称许的作品中的新人，又常常不见于中国的现实生活，却见于外国人的几十年前的小说。如此人物，可得称为新人乎？

萧红小说中的人物，现在看起来，当然不能说是新人，但这些人物，尤其是令人信服的现实基础，真实的形象，曾经存在于中国历史画幅之上，今天还使人有新鲜之感。她所创造的人物，就比那些莫须有的新人，更有价值了。

真正的善恶之分，是没有历史局限的。人亦如此。忘我无私，勤劳勇敢，自是我们民族的美德所在。具此特点，为今天的事业工作，则为新人。难道还有什么离开历史，离开固有道德，专等作家凭空撰写的新人吗？

远处屋顶上有一个风标，不断转移。那是随风向转移。星斗在夜间看来，也在转移。然有时转移者非星斗，乃观者本身。有些评论之论点多变，见利而趋，可作如是观。

中国女作家少，历史观之，死于压迫者寡，败于吹捧者多。初有好土壤而后无佳气候，花草是不容易成活壮大的。自身不能严格要求，孤标自赏，生态也容易不良。一代英秀如萧红，细考其身世下场，亦不胜惆怅之感。

萧红最好的作品，取材于童年的生活印象，在这些作品里，不断写到鸡犬牛羊，蚊蝇蝴蝶，草堆柴垛，以加深对当地生活的渲染。这也是三十年代翻译过来的苏联小说中常见的手法。萧红受中国传统小说影响不大，她的作品，一开始就带有俄罗斯现实主义文学的味道，加上她的细腻笔触，真实的情感，形成自己的文字格调。初读有些生涩，但因其内在力大，还是很能吸引人。她有时变化词的用法，常常使用叠句，都使人有新鲜感。她初期的作品，虽显幼稚，但成功之处也就在天真。她写人物，不论贫富美丑，不落公式，着重写他们的原始态性，但每篇的主题，是有革命的倾向的。不想成为作家，注入全部情感，投入全部力量的处女之作，较之为写作而写作，以写作为名利之具，常常具有一种不能同日而语的天然的美质。这一点，确是文字生涯中的一种奥秘。

脚踏实地,为时代添一砖一瓦,与人民同呼吸共甘苦,有见解有理想,有所体验,然后才能谈到创作。假若冒充时代的英雄豪杰,窃取外国人的一鳞半甲,今日装程朱,明日扮娼盗,以迎合时好,猎取声名,如此为人,尚且不可,如此创作,就更不可取了。严霜时,菽粟残伤;春暖时,蔓草滋长。文章的命运,是有很大的天时地利的不同的。

一九八一年八月三十日改讫

欧阳修的散文

世称唐宋八大家，实以韩柳欧苏为最，其他四位，应说是政治家，而非文学家。欧阳修的文风接近柳宗元，他是严格的现实主义者。苏轼宗韩，为文多浮夸嚣张之气，常常是胸中先有一篇大道理，然后归纳成一句警语，在文章开始就亮出来。

欧阳修的文章，常常是从平易近人处出发，从入情入理的具体事物出发，从极平凡的道理出发。及至写到中间，或写到最后，其文章所含蓄的道理，也是惊人不凡的。而留下的印象，比大声喧唱者，尤为深刻。

欧阳修虽也自负，但他并不是天才的作家。他是认真观察，反复思考，融合于心，然后执笔，写成文章，又不厌其烦地推敲修改。他的文章实以力得来，非以才得来。

在文章的最关键处，他常常变换语法，使他的文章和道理，给人留下新鲜深刻的印象。例如《泷冈阡表》里的："夫养不必丰，要于孝。利虽不得博于物，要其心之厚于仁。"

在外集卷十三，另有一篇《先君墓表》，据说是《泷冈阡表》的初稿，文字很有不同，这一段的原稿文字是：

"夫士有用舍，志之得施与否，不在己。而为仁与孝，不取于人也。"

显然，经过删润的文字，更深刻新颖，更与内容主题合拍。

原稿最后，是一大段四字句韵文，后来删去，改为散文而富于节奏：

"呜呼，为善无不报，而迟速有时，此理之常也。惟我祖考，积善成德，宜享其隆。虽不克有于其躬，而赐爵受封，显荣褒大，实有三朝之锡命。"

结尾，列自己封爵全衔，以尊荣其父母。从此可见，欧阳修修改文章，是剪去蔓弱使主题思想更突出。此文只记父母的身教言教，表彰先人遗德，丝毫不及他事。《泷冈阡表》共一千五百字，是欧阳修重点文章，用心之作。

《相州昼锦堂记》是记韩琦的。欧阳与韩，政治见解相同，韩为前辈，当时是宰相。但文章内无溢美之词，立论宏远正大，并突出最能代表相业的如下一节："至于临大事，决大议，垂绅正笏，不动声色，而措天下于泰山之安，可谓社稷之臣矣。"

这篇被时人称为"天下文章，莫大于是"的作品，共七百五十个字。

我们都喜欢读《醉翁亭记》，并惊叹欧阳修用了那么多的"也"字。问题当然不在这些"也"字，这些"也"字，不过像楚辞里的那些"兮"字，去掉一些，丝毫不减此文的价值。文章的真正功力，在于写实；写实的独到之处，在于层次明晰，合理展开；在于情景交融，人地相当；在于处处自然，不伤造作。

韩文多怪僻。欧阳修幼时，最初读的是韩文，韩应是他的启蒙老师。为什么我说他宗柳呢？一经比较，我们就会看出欧、韩的不同处，这是文章本质的不同。这和作家经历、见识、气质有关。韩愈一生想做大官，而终于做不成；欧阳修的官，可以说是做大了，但他遭受的坎坷，内心的痛苦，也非韩愈所能梦想。因此，欧文多从实际出发，富有人生根据，并对事物有准确看法，这一点，他是和柳宗元更为接近的。

欧阳修的其他杂著《集古录跋尾》，是这种著作的继往开来之作。因为他的精细的考订和具有卓识的鉴赏，一直被后人重视。他的笔记《归田录》，不只在宋人笔记中首屈一指，即在后来笔记小说的海洋里，也一直是规范之作。他撰述的《新五代史》，我在一年夏天，逐字逐句读了一遍。一种史书，能使人手不释卷，全部读下去，是很不容易的。即如《史记》《汉书》，有些篇章，也是干燥无味的。为什么他写的《新五代史》，能这样吸引人，简直像一部很好的文学著作呢？

这是因为，欧阳修在《旧五代史》的基础上，删繁就简，着重记载人物事迹，史实连贯，人物性格突出完整。所见者大，所记者实，所论者正中要害，确是一部很好的史书。这是他一贯的求实作风在史学上的表现。

据韩琦撰墓志铭，欧阳修"嘉祐三年夏，兼龙图阁学士，权知开封府事。前尹孝肃包公，以威严得名，都下震恐。而公动必循理，不求赫赫之誉。或以少风采为言，公曰，人才性各有短长，吾之长止于此，恶可勉其所短以徇人邪！既而京师亦治"。从此处，可以看出他的为人处世的作风，这种实事求是的工作态度，必然也反映到他的为文上。

他居官并不顺利，曾两次因朝廷宗派之争，受到诬陷，事连帷薄，暧昧难明。欧阳修能坚持斗争，终于使真相大白于天下，恶人受到惩罚。但他自己也遭到坎坷，屡次下放州郡，不到四十岁，须发尽白，皇帝见到，都觉得可怜。

据吴充所言行状："嘉祐初，公知贡举，时举者为文，以新奇相尚，文体大坏。公深革其弊。前以怪僻在高第者，黜之几尽。务求平澹典要。士人初怨怒骂讥，中稍信服，已而文格遂变而复正者，公之力也。"

韩琦称赞他的文章："得之自然，非学所至。超然独骛，众莫能及。譬夫天地之妙，造化万物，动者植者，无细与大，不见痕迹，自极其工。于是文风一变，时人竞为模范。"

道德与文章的统一，为人与为文的风格统一，才能成为一代文章的模范。欧阳修为人忠诚厚重，在朝如此，对朋友如此，观察事物，评论得失，无不如此。自然、朴实，加上艺术上的不断探索，精益求精，使得他的文章，如此见重于当时，推仰于后世。

古代散文，并非文章的一体，而是许多文体的总称。包括论、记、序、传、书、祭文、墓志等。这些文体，在写作时，都有具体的对象，有具体的内容。古代散文，很少是悬空设想，随意出之的。当然，在某一文章中，作者可因事立志，发挥自己的见解，但究竟有所依据，不尚空谈。因此，古代散文，多是有内容的，有时代形象和时代感觉的。文章也都很短小。

近来我们的散文，多变成了"散文诗"，或"散文小说"。内容脱离社会实际，多作者主观幻想之言。古代散文以及任何文体，文字虽讲求艺术，题目都力求朴素无华，字少而富有含蓄。今日文章题目，多如农村酒招，华丽而破旧，一语道破整篇内容。散文如无具体约束，无真情实感，就会枝蔓无边。近来的散文，篇幅都在数千字以上，甚至有过万者，古代实少有之。

散文乃是对韵文而言，现在有一种误解，好像散文就是松散的文章，随便的文体。其实，中国散文的特点，是组织要求严密，形体要求短小，思想要求集中。我们从以上所举欧阳修的三篇散文，就可以领略。至于那种称做随笔的，是另外一种文体，是执笔则可为之的，外国叫做 Essay，和散文并非一回事。

现在还有人鼓吹,要加强散文的"诗意"。中国古代散文,其取胜之处,从不在于诗,而在于理。它从具体事物写起,然后引申出一种见解,一种道理。这种见解和道理,因为是从实际出发的,就为人们所承认、信服,如此形成这篇散文的生命。

一九八〇年五月

实事求是与短文

现在，有的报刊，有的人，在提倡写短文章了，这是很好的事。

文章怎样才能写得又短又好？有时千言万语也说不清楚；有时说起来也很简单，这就是要"实事求是"。

把"实事求是"这四个字运用到写作上，正像把它运用到一切工作上，是会卓有成效的。

比如，你要写一篇散文，如果是记叙文，那就先写你亲身经历过的一件事，你长期接近过的一个人。如果是写感想，也必须写你深深体会过的，认真思考过的，对一种社会现象、一个人，或一个事件，确曾有过的真实感想。

这些事件、人物、感想，都在你的身上、心上，有过很深刻的印象。然后你如实地把它们写出来，这就是"实事"。

一般说，实事最有说服力，也最能感动人。但是只有实事还不够。在写作时，你还要考虑：怎样才能把这一实事，交代得清楚，写得完美，使人读起来有兴味，读过以后，会受到好的影响和教育，这就是"求是"。

我们在课堂上，所学的课文，都很短小。初学作文时，老师也是这样教导的，我们也是这样去写作的。可是等到我们想当作家、想投稿了，就去拜读报刊上那些流行文章。那些文章都很长，看起来云山雾罩，也很唬人。正赶上自己的稿件没有"出路"，就以为自己的写法不入时，不时兴，于是就放弃了自己原来所学，追赶起"时髦"来，也去写那种冗长的，浮浮泛泛的，不知所云的文章了。大家都这样写，就形成了一种文风，不易改变的文风，老是嚷嚷着要短，也终于短不下来的文风。

文章短不下来的主要原因，就是忘记了写作上的实事求是。我们提倡写短文，首先就要提倡这四个字。返璞归真，用崇实的精神写文章。

当然文章好坏，并不单看长短。如果不实事求是，长文也不会写好的。我们这里着重谈的，是如何写好短文。

一九八二年十二月二十四日

谈 读 书

读书，主要靠自学。记得上中学时，精力旺盛，读书最多，也最专心。我们的国文老师，除去选些课文，在课堂给我们讲解外，就是介绍一些参考书，叫我们自己在课外去选择、去阅览。

文学非同科学，有时是可以无师自通的，只要个人努力。读书也没有准则，只有摸索着前进。读书和自己的志趣有关，一个人的志趣，常常因为时代、环境的变化，而有所改变。所以，就是师长给你介绍的书，也不一定就正中你的心意，正合你当时的爱好。

例如鲁迅先生给许世瑛开的十部书，是很有名的。但仔细一想，许世瑛那时年纪还小，他能读《全上古三代秦汉三国六朝文》或《四库全书总目》那类的古书吗？会有兴趣吗？但开这样一个书目，对他还是有好处的，使他知道人世间有这样几部书，鲁迅先生是推重这些作品的。

现在，也常常有人叫我给他开个书目之类的单子，我是从来不开的。迫不得已，我就给他开些唐诗古文之类的书，这是书林中的菽粟，对谁也不会有害处的。我想：我读过的，你不一定去读，也不一定爱好。我没有读过的好书多得很。而我读书，是从来没有计划，是遇到什么就读什么的。其中，有些书读了，确实有好处，有些书却读不懂，有些书虽然读过了，却毫无所得。

根据以上这个经验，我后来读书，就知道有所选择了。先看前人的读书提要，了解一下书的作者及其内容。而古人的读书笔记，多是藏书记，只记他这本书如何得来，如何珍贵，对内容含义缺少正确的评价，这就只好又去碰了。

"开卷有益"，我常常这样安慰自己。

我的习惯，选择了一本书，我就要认真把它读完。半途而废的情况很少。其中我认为好的地方，就把它摘录在本子上。我爱惜书，不忍在书上涂写，或做什么记号，其实这是因小失大。读书，应该把随时的感想记在书眉上，读完一本，或读完一章，都应该把内容要点以及你的读后意见，记在章尾书后，供日后查考。读古书，这样做方便一些，因为所留天地很大，前后并有闲纸，现在印书，为了节省纸张，空白很少，只好写在纸条上，夹在书里面。不然年深日久，你读过的书就会遗忘，等于没有读。古人读书，都作提要，对作者身世、著作内容，作简要的叙述和评价，这个办法，很值得我们读书时取法。

青年人读书,常常和政治要求、文坛现状、时代思潮有关;也常常和个人遭遇、思想情绪有关。然而,总的趋势,是向前发展的,不是一成不变的。老年人的爱好,常常和青年人的爱好不大一样,这是很自然的,也不要相互勉强。

比如,我现在喜欢读一些字大行稀、赏心悦目的历史古书,不喜欢看文字密密麻麻、情节复杂奇幻的爱情小说,但这却是不能强求于青年人的。反过来说,青年人喜欢看乐意写的这样的小说,我也是宁可闲坐一会儿,不大喜欢去读的。

一九八三年九月八日晨雨

谈 修 辞

我在中学时,读过一本章锡琛的《修辞学概论》,也买过一本陈望道的《修辞学发凡》。后来觉得,修辞学只是一种学问,不能直接运用到写作上。

语言来自生活,文字来自书本。书读多了,群众语言听得熟了,自然就会写文章。脑子里老是记着修辞学上的许多格式,那是只有吃苦,写不成文章的。

古书上有一句话:修辞立其诚。这句话,我倒老是记在心里。

把修辞和诚意联系起来,我觉得这是古人深思熟虑,得出来的独到见解。

通常,一谈到修辞,就是合乎语法,语言简洁,漂亮,多变化,等等,其实不得要领。修辞的目的,是为了立诚;立诚然后辞修。这是语言文字的辩证法。

语言,在日常生活中,以及表现在文字上,如果是真诚感情的流露，不用修辞，就能有感人的力量。

"情见乎辞"，这就是言词已经传达了真诚的感情。

"振振有词""念念有词"，这就很难说了。其中不真诚的成分可能不少，听者也就不一定会受感动。

所以说，有词不一定有诚，而只有真诚，才能使词感动听者，达到修辞的目的。

苏秦、张仪，可谓善辩矣，但古人说：好辩而无诚，所谓利口覆邦国之人也。因此只能说是辞令家，不能说是文学家。作家的语言，也可以像苏秦、张仪那样善辩，但必须出自创作的真诚，才能成为感人的文学语言。

就是苏秦，除了外交辞令，有时也说真诚的话，也能感动人。

《战国策》载，苏秦不得志时，家人对他很冷淡，及至得志归里，家人态度大变。苏秦曰："嗟乎！贫穷则父母不子，富贵则亲戚畏惧。人生世上，势位富贵，岂可忽乎哉！"这就叫情见乎辞。比他游说诸侯时说的话，真诚多了，也就近似文学语言了。

从事文学工作，欲求语言文字感人，必先从诚意做起。有的人为人不诚实，善观风色，察气候，施权术，耍两面，不适于文学写作，可以在别的方面，求得发展。

凡是这种人写的文章，不只他们的小说，到处给人虚伪造作、投机取巧的感觉，就是一篇千把字的散文，看不上几句，也会使人有这种感觉。文学如明镜、清泉，不能掩饰虚伪。

一九八三年九月八日下午，雨仍在下着

谈 闲 情

人生,总得有一点闲情。闲情逐渐消失,实际就是生活的逐渐消失。

我是农家的孩子,农村的玩意儿,我都喜欢,一生不忘。例如养蝈蝈,直至老年,还是一种爱好,但这些年蝈蝈总是活不长。今年,外孙女代我买的一只很绿嫩的蝈蝈,昨天又死去了。我忽然想:这是我养的最后一只。我眼花耳背,既看不清它的形体,又听不清它的鸣号,这种闲情,要结束了。

幼年在农村,一只蝈蝈,可以养到过春节。白天揣在怀里,夜晚放在被里,都可以听到它欢畅的叫声。蝈蝈好吃白菜心。老了,大腿、须、牙都掉了,就喂它豆腐,还是不停地叫。

童年之时,烈日当空,伫立田垄,蹑手蹑脚,审视谛听。兴奋紧张,满头大汗。捉住一只蝈蝈,那种愉快,是无与伦比的。比发了大财还高兴。

用秫秸篾子，编个荸荠形的小葫芦，把它养起来，朝斯暮斯，那种情景，也是无与伦比的。

为什么在城市，就养不活？它的寿命这样短，刚刚立过秋就溘然长逝了。

战争年代，我无心于此。平原的青纱帐里，山地的衰草丛中，不乏蝈蝈的鸣叫，我好像都听不到，因为没有闲情。

平原上，蝈蝈已经不复存在，农民用农药消灭了蝗虫，同时也消灭了蝈蝈。十几年前，我回故乡看见，只有从西南边几个县过来的行人，带有这种稀罕物。也是十几年前，在蓟县山坳里，还听到它的叫声。

这些年，我总是喂它传统的食物，难免有污染，所以活不长。

当然，人的闲情，也不能太多。太多，就会引来苦恼，引来牢骚。太多，就会成为八旗子弟。初进城时，旧货摊上，常常看到旗人玩的牙镶细雕的蝈蝈葫芦，但我不喜这些东西，宁可买一只农民出售的，用紫色染过的小葫芦。

得到一个封号，领一份俸禄。无战争之苦，无家计之劳。国家无考成，人民无需索。住好房，坐好车，出入餐厅，旅游山水。悠哉度日，至于老死。不知自愧，尚为不平之鸣，抱怨环境不宽松，别人不宽容。这种娇生惯养的纨绔子弟，注定是什么事也做不成的。

一九九〇年八月十六日中午记

谈赠书

青年时，每出一本书，我总是郑重其事，签名赠给朋友们，同事们，师长们。这是青年时的一种兴致，一种想法，一种情谊。后来我病了，无书可赠，经过"文化大革命"，这种赠书的习惯，几乎断绝。

这几年，我的书接连印了不少，我很少送人。除去出版社送我的二十本，我很少自己预订。我想：我所在地方的党政领导，文化界名流，出版社早就送去了，我用不着再送，以免重复。朋友们都上了年岁，视力不佳，兴趣也不在这上面，就不必送了。我的书大都是旧作，他们过去看过，新写的文章，没有深意，他们也不会去看的。

当然也有例外。近些年来有的同志，把书看成一种货物，一种交换品，或者说是流通品。我有一位老战友，从外地调到本市，正赶上《白洋淀纪事》重印出版。他先告诉我，给他在北京的小姨子寄一本，我照地址寄去了。他要我再送他一本，他住招待所，他把书送给了服务员。他再要一本，我又在书上签了名。他拿着书到街上去了。年纪大了尿频，他想找个地方小便。正好路过我所在的机关，他把书交给传达室说："我刚从某某那里出来，他还送我一本书哩。你们的厕所在什么地方？"

等他小解出来，也不再要那本书，扬长走去了。

传达室问："书哩？"

"你们看吧！"他摆摆手。他是想用这本书拉上关系，永远打开这座方便之门。

老战友直言不讳告诉我这些事。我作何感想？再赠他书，当然就有些戒心了，但是没有办法。他消息灵通，态度执着，每逢我出了书，还是有他的份儿。至于他怎样去处理，只好不闻不问。

这些年，素不相识的人，写信来要书的也不少。一般的，我是分别对待。对于那些先引证鲁迅如何在书店送书给青年等等范例的人，暂时不送。非其人而责以其人之事，不为也。对于那些先对我进行一大段吹捧，然后要书的人，暂时也不送。我有时看出：他这样的信，不只发向我一人。对于用很大篇幅，很多细节描述自己如何穷困，像写小说一样的人，也暂时不送。我想，他何不把这些心思，这些力量，用去写自己的作品？

我不是一个慷慨的人，是一个吝啬的人；不是一个多情的人，是一个薄情的人。

但是，对于那些也是素不相识，信上也没有向我要书，只是看到他们的信写得清楚，写得真挚；寄来的稿子，虽然不一定能够发表，但下了功夫，用了苦心的青年人，我总是主动地寄一本书去。按照他们的程度，他们的爱好，或是一本小说，或是一本散文，或是一本文论。如果说，这些年，我也赠过一些书，大部分就是送给这些人了。我觉得这样赠书，才能书得其所，才能使书发挥它的作用，得到重视和爱护。

我是穷学生出身，后又当薪给微薄的村塾教师，爱书爱了一辈子。积累的经验是：只有用自己劳动所得买来的书，才最知爱惜，对自己也最有用。公家发给的书，别处来的材料，就差一些。

鲁迅把别人送给他的书，单独放在一个书柜里。自己印了书，郑重地分赠学生和故交，这是先贤的古道。我虽然把别人送我的书，也单独放在一个书架上，却是开放的，孩子们和青年朋友们，可以随便翻阅，也可以拿走，去古道就很远了。

许寿裳和鲁迅是至交。鲁迅生前有新著作，总是送他一本的。鲁迅逝世之后，许寿裳向许广平要一本鲁迅的书，总是按价付款。这时许广平的生活，已经远不如鲁迅生前。这也是一种古道。

四川出版了我的小说选，那里的编辑同志，除赠书二十册外，又热情地代我买了五十册。我收到这些书以后，想到机关同组的同志，共事多年，应该每人送一本。书送去以后，竟争相传言：某某在发书，你快去领吧！

像那些年发材料一样热闹，使我非常败兴，就再也不愿做这种傻事了。

一九八四年十月二十二日

谈"印象记"

"印象记"这种文章，在中国，好像并不是古已有之的。"五四"前后，很少见到。三十年代才多起来，似乎是从日本传过来，又多是写作家的。我年轻时，就读过《高尔基印象记》《秋田雨雀印象记》，等等。

青年人而又喜欢上了文学，就特别喜欢读一些有关作家的文字。其实有很多记述，是不大可靠的。因为是先入为主，如果不实，其受害的程度，很可能不轻。先不谈小报上那些名人逸事、文坛花絮之类的文章，就是在"印象记"这种貌似庄严又是身临亲见的记载里，可靠可信的东西，究竟有多少，我近来也有些怀疑了。

文章的可信与不可信，常常不在所写的对象如何，而在于作者本身的修养。

我们知道，每一个人，他的生活经历、生活现状，特别是思想感情的活动，是很复杂，很曲折，多变化，有时是难以捉摸，更难以判断的。你去会见一个作家，和他谈了一两个小时，便写下了几千字的印象记，你所得的印象，都能那么切合他的生活实际和思想实际吗？

比如说，你见到这位作家正在吃饭，桌上只有一碟咸菜，你就得到了生活简朴的印象。或者你去的时候，他正在啃着一只猪蹄，你就得到了一个饕餮的印象。这显然都不是这位作家吃饭的全貌。

一时一地的见闻，并非不能写。写下来，也不能说是不真实。但必须保持客观。写见到他吃咸菜，写见到他啃猪蹄，这都无可非议，因为是真实的见闻。如果就此得出结论：他是简朴，或是饕餮，那就失去真实了。

古往今来，写文章的人，最容易失败在主观判断上。

进入晚年，有幸看到一些关于我的印象记。作者的用心，都是良好的，对我都是热情的。虽然因为有过多溢美之词，使我读起来，常常惭怍交加，汗流浃背，总的说来，是令人振奋的，值得感激的。

如果排除个人的感情，单单评论文字，这些文章，确也存在着高下、虚实等问题。

文章的功能，是因人而异的。是以作者的写作态度、艺术风格，分别优劣高低的。

六十年代，吕剑同志写过一篇同我的会见记，这篇文章，我曾推荐给出版社，作为我的一本小说集的附录。外文出版社曾几次刊用它。我对这篇文章，印象很好，它并没有吹嘘我,也没有发表作者本人的什么高见。它只是如实地记下了我们的那一次简单的会见,和我当时对他说的一些话。我当时谈的只是我的创作见解和创作情况。吕剑同志也没有代替我多去发挥。因此,这篇文章,是一篇真实的记录,对需要它的人,有比较大的参考用途。

另外,就是昨天读到的,铁凝同志写的一篇题名《套袖》的散文。她这篇文章,我接到《文汇报》以后,当晚看了两遍。这并非是从中看到了她对我的什么捧场,而是看到了她的从事创作的赤诚之心。铁凝的创作,一开始就带有这种赤诚,因此,她进步很快,迅速成为文坛瞩目的新人物,有些人还不得其解,视为神秘,其实就是因为"赤诚"两个字。我想,她是应该明了并珍惜自己的得天独厚之处的。

在文章中,她并没有说我好,当然也没有说我不好。她只是记下了几次来我家的所闻所见。虽然她见到的,有时还有些差错,比如,我捡的黄豆,是别人家晾晒时遗落的,并非同院人家种植的。这也无关紧要,无伤大体。

客观地记下几次见闻,自己不下任何主观结论,叫读者从中形成自己的印象。这种写法,也可以说这种艺术手段,就必然比那种大惊小怪,急于赞美,并有意无意中显示点自己的什么写法,高出一等。

我读这种文章,内心是愉快的,也是明净的,就像观望清泉飞瀑一样。

一九八四年三月二日下午

谈　美

小　序

日前有西北大学研究生李君来舍下，询作品何以如此之美。余告以拙作无可谈者，过誉之词不可信。然感君远道而来，愿将平日想到有关艺术与美之问题，竭诚以告。李君别后，乃就谈话时自记提纲，条列为下文。

一

文、音、美、剧及其他，综合而称为"艺术"。凡是艺术，都应该是美的。艺术与美，可以说是同义语。这种美，包括形象和思想，即内容与形式两个方面，而且必然是统一的，没有美，则不能称为"艺术"。

二

艺术的美，是生活的再现。因此，生活是美的基础，可以说没有生活就没有美。但生活的美，并不等于艺术的美。艺术之美，是经过创造的。所以说，既是艺术家，就应该是创造美的人。

三

人稍有知识，即知分妍媸，辨善恶，而美与善连，恶与丑结，不可分割。在理学家讲，这是良知；在佛经上讲，这叫善知识。艺术上的创造，亦与此相同。

四

艺术家的特异功能，不在于反映，而在于创造。不在于揭示众口之所称为美者、善者，是在能于事物隐微之处，人所经常见到而不注意之处，再现美、善；于复杂、矛盾的人物性格之中，提炼美、善。

五

艺术家所创造之美，一经完成，即非生活中的东西，而成为"人间天上"的东西。曹雪芹所创造之林黛玉,即梅兰芳亦不能再现之于舞台。但林之形象、性格、语言,又能经常于日常生活之中,芸芸众生之中,见到其一鳞一爪。此一个性,伴社会生活、历史演变,而永生。此艺术之可贵,亦艺术之难能也。

六

必经创造,才能产生艺术之美。凡单纯模拟自然、模拟生活、模拟人物、模拟他人之作品,皆不能产生艺术之美,亦不得称为"创作"。

七

然艺术家必须经过模拟之阶段,实即观察、体验之阶段。天下未有不经过此阶段,而成为艺术家者也。观察愈细,体验愈深,则其创造成功之可能性愈大,其艺术成就亦愈高。

八

任何艺术,都要先求形似,此为初级阶段;然后,再求神似。神形兼备,巧夺天工,则为高级阶段矣。然非人人皆能达到也。

九

人皆知爱美,而艺术家对美的追求、探索,尤其强烈、执着,不同于一般。有的且近狂热,拼以生命,以求美之发挥。具备此种为美献身之狂热精神者,常常得成为艺术家。

十

美不是静止固定的东西。凡艺术,皆贵玄远,求其神韵,不尚胶滞。音乐中之高山流水、弦外之音、绕梁三日,皆此义也。艺术家于生活静止、凝重之中,能作流动超逸之想,于尘嚣市声之中,得闻天籁,必能增强其艺术的感染力量。

十一

所谓"美学",即研究艺术美之学,不能离开艺术。美学属于哲学范畴,是哲学一个门类。它不是艺术现象的琐碎研究,而是探求美在创作实践中的规律。

十二

哲学是艺术的思想基础、指导力量。凡艺术家,都有他自己的根深蒂固的哲学思想,作为他表现社会、展示人生的基础。这就是一个艺术家或作家的人生哲学。

十三

作家的人生哲学,非生而知之,乃后天积学习、经历、体验而得。有的乃经过人生之一劫而后得之,《红楼梦》作者是也。

虽经一劫,然又不失其赤子之心,反增强其祝福人类、改良社会之热诚与愿望,托尔斯泰是也。即使其哲学思想,并非对症之良药,然其真诚的无私之心、追求善美之勇,不可忽视。至于其艺术形象之美,婉约曼丽,容光照人,则更不能忽视之矣。

十四

美既是现实,也是理想。艺术所表现者,则为现实与理想之结合。古代美术之美,多与宗教理想相结合,然细观之,亦与社会理想相结合也。

十五

艺术与社会风尚、社会伦理、社会道德,关系至巨。凡为人生而努力的艺术家,无不注全力于此。美即真与善之结合,无真诚,无善念,尚有何美可言?故历来艺术家,都是在人伦道德上,富有修养的人。虚伪者,或能取巧于一时,终不能成为艺术家。

十六

艺术中表现之伦理道德,非说教也。艺术家长期做艺术技巧的习练,至于成熟;对人生社会,又做长期之观察、思考,熟虑于心。然后两相结合,得成为艺术。以艺术之力,感染人心,既深且永,故谓之"潜移默化"。

十七

艺术家创造出美的形象,以之美化人类的心灵,使之向善,此即谓之"美育"。中国古代,即知以艺术教化人民。最初注重音乐、诗歌,以后泛及戏剧、小说。"五四"前后,蔡元培先生提倡美育甚力,社会风靡从之。然此旨后不得继。

学校偏重智育,音乐美术之课,形同虚设。美育废弛,必然影响德育。

十八

凡能创造美的艺术家,其学习起点必高。所见所习者既高,因此能对庸俗下流者,不屑一顾。如起点甚卑,则易同流合污矣。现代一些老的艺术家,其起步多在三十年代之初,师承鲁迅现实主义之教,投身中国革命洪流,根底甚厚。其积累之经验,可为后代言传身教者,当亦不少。

十九

凡拈花惹草、搔首弄姿、无病呻吟者,虽名为"艺术家",然究不能创造真正的美。吟风弄月、媚悦世俗,皆属于东施效颦之列,因其不得国风之正也。

二十

凡虚张声势、大言欺人、捏造事实、迎风而上者,虽号称"艺术家",亦不能创造真正之美。以其乃吹气球、变戏法的技巧,实非艺术的技巧也。

二十一

艺术家必注重艺术情操的修养,然后才能创造出美。艺术情操的修养,包括道德修养以及对国家、民族、时代的热诚和责任感。无此热诚及责任感者,终不能成为真正的艺术家。

二十二

要想成为真正的艺术家,在其学习创作之始,就要力求表现高尚的东西,即高尚的人物及其思想。投身革命的、进步的潮流之中,熏陶而锻冶自己的思想感情,以期与时代及人民,亲密无间。

二十三

美有个性，美有品格。凡艺术，除表现时代、社会的风貌外，亦必同时表现作者的品格、气质、道德的风貌。

二十四

凡艺术家，长期积累之后，乃进行创作。创作之时，全神贯注，与作品中人物形随神交、水乳交融，就可能创造出美的境界。但当时他所注意的只是真不真，并没有考虑美不美。美乃自然形成，非有意造作，以炫耀于观众也。至于一些对文学作品的赞美之词，"如诗如画""行云流水"等等，乃出自后来读者之口，非作者写作时有意追求也。凡创作之前，先存"造美"之念者，其结果多弄巧成拙，益增其丑。

二十五

凡艺术，乃人为之功，非天才之业也。投机取巧者，可以改弦易辙矣。

一九八二年二月十六日下午改讫

慷慨悲歌

　　司马迁写荆轲列传,在开始,轻描。荆轲的性格,就像一个影子,突然出现在读者面前,渐渐显真。直到"荆轲既至燕,爱燕之狗屠及善击筑者高渐离。荆轲嗜酒,日与狗屠及高渐离饮于燕市,酒酣以往,高渐离击筑,荆轲和而歌于市中,相乐也,已而相泣,旁若无人者",形象才具现。以后,"荆轲怒,叱太子曰:'……请辞决矣!'遂发"。"太子及宾客知其事者,皆白衣冠以送之。至易水之上,既祖,取道,高渐离击筑,荆轲和而歌,为变徵之声,士皆垂泪涕泣。又前而为歌曰:'风萧萧兮易水寒,壮士一去兮不复还!'复为羽声慷慨,士皆瞋目,发尽上指冠。于是荆轲就车而去,终已不顾"。以后,"秦王闻之,大喜,乃朝服,设九宾,见燕使者咸阳宫。荆轲奉樊於期头函,而秦武阳奉地图匣、以次进。至陛下，秦武阳色变振恐，群臣怪之，荆轲顾笑武阳，前为谢曰：'北蛮夷之鄙人，未尝见天子，故振慑。愿大王少假借之，使毕使于前。'秦王谓轲曰：'起，取武阳所持图。'轲既取图奉之，秦王发图，图穷而匕首见。因左手把秦王之袖，而右手持匕首揕之。……"以后，"秦王复击轲，被八创。轲自知事不就，倚柱而笑，箕踞以骂曰：'事所以不成者，乃欲以生劫之，必得约契以报太子也。'"就使荆轲慷慨悲歌，跃然纸上，经百世不能消敛了。

有人说，像这样好的英雄事迹的描写，会成为后人行动的号召和模范，文章使后来的英雄们更果敢机智，胜任愉快地去进行了他们的事业。这是不假的。英雄读过前代英雄的故事，新的行动证明古人的血泪的代价的高贵。

而在荆轲的时代，像荆轲这样的人还是很少的。英雄带有群众的性质，只有我们这个时代。像是一种志向，和必要完成这种志向，死不反顾，从容不迫，却是壮烈的千古一致的内容。

荆轲一个人带着一尺多长的匕首，深入秦廷，后来一些评论家，在武器上着眼，以为荆轲筹备几年的工夫所以失败，而秦王仓促间所以幸存的原因，是匕首的效果不如剑的缘故，都是事外的看法。荆轲很看重他的责任和使命，为了把事情进行得好，甚至说服一个同志自刎了首级。而在这以前还有一个老吏为了证明自己保守这件事的秘密，鼓励荆轲有志这个行动也是自刎了的。因为责任过于重大，荆轲所以采取了上面的动作。

当然这个动作引起了失败。而这一失败以致使燕亡国，但这个失败只能引起对荆轲的怀念，里面不会有所责备了。而司马迁正是在这种心情下面写成这个传记，使荆轲的勇敢、沉着、机智在文章上飘动招手，不断找寻继承者。而在那个时候，个人的冒险的刺杀，对燕国解除秦国的压迫确是一种釜底抽薪的办法。

然而失败了，读者有深深的遗憾和怒愤。这才是英雄的传记。事业留下缺陷，后来的人填补上了。能激起这种填补的热情，就是司马迁文章的效用！

司马迁和荆轲不同时，事件也不过从史书采取。但他把被历史简单化了的荆轲的面貌，补充起来，使他再生。这个再生法，就是司马迁用自己的感情把他喂养起来的。荆轲辞别燕太子和朋友，易水一条河而已，英雄的慷慨悲歌，才使易水永远呜咽怒愤。被压迫的景仰争解放的勇士，和饥饿的人爱好饮食一样，而迫切的程度高于饮食。荆轲入秦这不过是历史上的一个故事。荆轲也不过是战国的刺客里面的一个，但能遇到司马迁就永远传流了。

而即使是传奇，司马迁也不过当作人间事来写，即使是英雄的行径，也有无数波折和困难。司马迁的感情，直到文章结束还没结束，文章的结束只是作者感情的高潮点，积累的感情就永远像一个瀑布，灌注到各个时代。用高渐离击筑，刺秦王结束了这个英雄的事业，几乎成为一种集体的复仇斗争！这个前仆后继的共同的复仇的要求，形成文章的伟大风格，使那碎了的筑的声音永远颤抖，使那条易水永远呜咽。

一九四二年十二月

我中学时课外阅读的情况

从一九二六年起，我在保定育德中学读书六年（初中四年，高中二年）。回忆在那一时期的课外阅读，印象较深的，有以下几个方面：

一、读报纸：每天下午课毕，我到阅览室读报。所读报纸，主要为天津的《大公报》和上海的《申报》，也读天津《益世报》和北平的《世界日报》，主要是看副刊。《大公报》副刊有《文艺》，《申报》有《自由谈》，前者多登创作，沈从文主编。后者多登杂文，黎烈文主编。当时以鲁迅作品为主。

二、读杂志：当时所读杂志有《小说月报》《现代》《北斗》《文学月报》等，为文艺刊物，多左翼作家作品。《东方杂志》、《新中华》杂志、《读书杂志》、《中学生》杂志等，为综合杂志。当时《读书杂志》正讨论中国社会史问题，我很有兴趣。也读《申报月刊》和《国闻周报》（《大公报》出版）。

三、读社会科学：读了《政治经济学批判》《费尔巴赫论》《唯物论与经验批判论》等经典著作，以及当时翻译过来的苏联及日本学者所著经济学教程。如布哈林和河上肇等人的著作。

四、读自然科学：读《科学概论》《生物学精义》，还读了一本通俗的人类发展史，书名叫《两条腿》，北新书局出版。

五、读旧书：读《四书集注》《庄子》《孟子》选本，楚辞、宋词选本，以及近代人著文言小说如《浮生六记》《断鸿零雁记》等。

六、读文化史：先读赵景深《中国文学小史》、王冶秋《新文学小史》（载于《育德月刊》）、杨东莼《中国文学史》、胡适《白话文学史》、冯友兰《中国哲学史》。《欧洲文艺思潮》《欧洲文学史》，日人盐谷温、青木正儿等人的有关中国文学著作。

七、读小说散文：《独秀文存》《胡适文存》，鲁迅、周作人等译作，冰心、朱自清、老舍、废名作品，英法小说，泰戈尔作品。后来即专读左翼作家及苏联作家小说。

八、读文艺理论：读《文学概论》及当时文坛论战的文章，如鲁迅与创造社一些人的论战，后来的《文艺自由论辩》，及中外人写的唯物史观艺术论著。日本厨川白村、藏原惟人、秋田雨雀的著作，柯根《伟大的十年间文学》等。

九、读文字语言学：陈望道《修辞学发凡》，杨树达《词诠》，穆勒《名学纲要》，即逻辑学。

十、读人生观、宇宙观方面的书：记有吴稚晖、梁漱溟著作，忘记书名。

以上所记，主要是课外读物，多由教师介绍指导。中学生既无力多买书，也不大知道应该买哪些书，所以应该利用学校中的图书馆，并请教师指导。向同学师长借阅书籍，要按期归还，保持清洁。

一九八三年十月四日